징비록 ₃

일러두기

• 이 책에 실린 내용은 역사적 사실과 다를 수 있습니다.

• 실존 인물의 묘사 중 일부는 소설적 창작입니다.

• 지명은 현재와 다를 수 있습니다.

징비록 ₃

정형수 · 정지연 극본
김호경 소설

21세기북스

차례

懲毖錄

1.
진주성의
눈물

한성은 수복되었지만 왜적이 나라 밖으로 물러난 것은 아니었다. 일단 경상도를 거점으로 진을 친 왜적들은 강화를 하겠다고 유화 정책을 보이는 한편, 경상도 일대를 횡행하며 노략질을 일삼았다. 그들을 몰아내기 위해 필요한 것은 강화가 아니라 전투였다. 그러나 송응창宋應昌과 심유경沈惟敬은 명 조정을 속이면서 소서행장小西行長(고니시 유키나가)과 음모를 꾸몄다. 이를 밝히기 위해 명에 사신으로 가기로 결정된 정철鄭澈이 굳센 의지로 아뢰었다.

"신이 직접 황상을 뵙고 강화 불가의 뜻을 고할 것입니다. 이 일로 송응창이 다시 문제를 삼는다면, 모든 것은 신이 혼자 벌인 일이 될 것입니다. 윤허하여 주시옵소서 전하."

선조는 그런 정철을 안타까이 보다가 허락을 내렸다.

"알겠소. 부디 우리의 뜻을 관철시키고 오시오."

이 소식은 득달같이 송응창의 귀로 들어갔다. 사신관 창가에 앉아 차를 마시던 심유경은 심상치 않는 일이라 생각해 걱정스레 물었다.

"정철이 황상을 만나 우리가 왜적과 강화를 하고 있다고 고자질하면 어쩔 겁니까?"

송응창은 피식 웃었다.

"걱정 마. 황상은 가끔 돌보던 국사도 요즘은 아예 살피지를 않아. 상서들의 보고도 환관을 통해서 듣지."

"그래도 강경론자인 조정 대신들이 알면?"

"강화를 원하는 병부상서 석성石星이 버티고 있는데 뭐가 걱정인가? 정철이 아무리 강변하려 해도 상서 어른이 막을 거야."

심유경 역시 석성을 믿는지라 안심되는 표정으로 찻잔을 내려놓고는 또 다른 질문을 던졌다.

"그렇게 되면 황상께서는 왜적이 본국으로 물러갔다는 보고만 들으시겠군요. 왜적에게 보낼 사신은 어찌할까요."

"책사 사용재謝用梓와 서일관徐一貫에게 본국의 사신인 것처럼 꾸미라 했어. 부산으로 곧 내려갈 거야. 그런데 말이야, 조선 왕은 정말 마음에 들지 않아."

송응창은 갑자기 말머리를 선조에게 돌렸다. 심유경은 이때다 싶어 맞장구를 쳤다.

"저도 그렇습니다. 재밌는 건, 조선 대신들과 백성들도 조선 왕을 탐탁지 않게 생각한다는 겁니다."

"나도 그런 느낌을 받았어. 군주라는 자가 자신밖에 몰라. 왜적과 싸우는 것을 강경하게 주장하는 것도 자신의 입지만을 생각하기 때문이지. 겁은 많은데 우리말을 잘 듣지 않아. 세자는 어떤가?"

"광해光海는 분조를 이끌면서 민심을 많이 얻었지요. 대신들의 신뢰도 크고요."

송응창은 창밖을 빠르게 살펴보고는 은밀히 물었다.

"우리 뜻을 따를 가능성은 있나?"

그 질문의 의미를 잘 아는지라 심유경은 더욱 은밀히 대답했다.

"왜적에 대해서는 지금의 왕보다 더 강경할 것입니다."

나고야名護屋 성에서 풍신수길豊臣秀吉(도요토미 히데요시)은 정성스레 꽃을 다듬었다. 이때가 가장 평화로운 시간이었다. 전전리가前田利家(마에다 도시이에)가 그 모습을 한참이나 보다가 중요한 사실을 일깨워 주었다.

"태합 전하, 명나라 사신이 왔습니다."

풍신수길은 그 말에 가위질을 멈추고 비죽이 웃었다.

"드디어 왔구만."

"당장 만나 주지 마시고 진을 좀 빼는 게 어떻겠습니까? 과거 조선 사신단처럼 말입니다."

"그리하지. 이 태양의 아들을 그리 쉽게 만날 수야 없지. 강화 조건은 마련했나?"

전전리가는 손에 든 책서를 보고는 자신 있게 읊조렸다.

"먼저 명나라 황제의 딸을 우리나라의 후비로 보내라 할 것입니다."

"음…… 그렇지. 좋아."

"그리고 무역을 재개해 관선과 상선을 왕래하게 해야 합니다."

"그야 당연한 것이고."

전전리가는 숨을 한 번 내쉬고 가장 중요한 항목을 말했다.

"무엇보다 중요한 것은 한강 이남의 땅을 우리 일본 땅으로 인정하라 할 것입니다."

풍신수길은 흐흣, 경박한 웃음을 짓고는 고개를 끄덕였다.

"좋아, 아주 좋아! 그리고 참, 조선 왕자 두 놈은 보내주고, 대신 다른 왕자 한 놈과 중신 중에 한 놈을 인질로 보내라 해."

"알겠습니다. 허면 명나라 사신은 언제쯤 만나시겠습니까?"

"한 달쯤 나고야 유람이나 하라고 해. 그 전에 진주성을 쓸어버려야 우리가 강화 협상에서도 유리할 것 아닌가! 지난번 진주성 참패를 두 배, 세 배로 돌려줘야 사무라이 아닌가. 진주성 안에 살아 있는 건, 풀 한 포기까지 모조리 도륙하라고 해!"

부산에 웅거한 왜적은 심심하면 성 밖으로 나가 울산, 울주, 함안, 창원, 경산, 합천을 유린하고 다녔다. 저항하는 조선 병사는 없었고, 본격적인 전투도 아니었기에 몸이 근질근질했다. 진주성을 박살내라는 명이 떨어지자 소서행장은 무장을 단단히 하고 군막 밖으로 나왔다. 평의지平義智(소 요시토시)가 짧게 보고했다.

"출정 준비가 끝났습니다."

그때 가등청정加藤清正(가토 기요마사)이 씩씩거리며 뛰다시피 다가와 대뜸 소리쳤다.

"협상 결과라는 것이 겨우 이거냐! 잘난 네놈의 협상 때문에 어렵게 붙잡은 두 왕자까지 보내 줬는데, 이제 어떻게 할 거야!"

소서행장은 그런 가등청정을 무시하고 싶었지만 아무런 대답도 하지 않으면 자신의 잘못으로 될까 봐 거칠게 응대했다.

"이건 분명 조선 놈들이 명군의 말을 듣지 않고 은밀히 움직인 탓이야. 내 잘못이 아니란 말이다."

"조선군이 함부로 움직이지 못하도록 명나라 놈들을 확실히 다 잡았어야지. 네놈 하는 짓이 한심하다. 네놈이 싸놓은 똥을 내가 언제까지 치워야 하는가!"

소서행장이 벌개진 얼굴로 주먹을 부르쥐었다. 그때 우희다수가宇喜多秀家(우키타 히데이에)의 꾸지람이 들려왔다.

"지금 뭣들 하는 게야!"

두 사람이 흠칫하자 우희다수가가 엄한 얼굴로 노려보았다.

"전투를 눈앞에 두고 자중지란하지 마라. 나를 포함해 전군이 출정한다."

가등청정이 의아하다는 듯 물었다.

"겨우 진주성 하나를 박살내러 가는데, 전군이 출정할 필요가 있습니까?"

"태합 전하의 명이다. 진주성을 함락시켜야 한다. 지난번 진주성 참패에 대한 복수다. 그리고 장기적인 대치를 위해 반드시 진주성을 함락하라는 명이야. 어서 준비해!"

왜적의 출정 소식은 나는 듯이 선조에게 전해졌다. 잠에 든 선조의 침소 앞에서 내관 이봉정李奉貞이 다급히 아뢰었다.

"전하! 전하!"

"무슨 일이냐?"

침을 꿀꺽 삼키고는 허겁지겁 말을 이었다.

"치, 7만에 가까운 왜적이 진주성으로 향하고 있다 합니다."

"뭐라? 7만 명이나? 진주성에는 우리 군사가 얼마나 있다느냐?"

"겨우 군사 6,7천에 불과합니다."

"백성들은?"

"3만이 넘습니다. 어서 명군에 도움을 청하시옵소서. 그렇지 않으면 군사들과 백성들은 모두 도륙당하게 되옵니다."

"어, 어서 송응창을 불러라. 아니다, 내가 가야겠다. 내가 가야겠어."

송응창은 눈을 비비며 한숨을 내쉬었다. 그 한숨이 장차 다가올 전투에 대한 것이 아니라는 것쯤은 누구나 알 수 있었다. 그럼에도 선조는 애걸하다시피 부탁했다.

"제발 도와주시오, 대인."

송응창은 일개 사신이면서도 한 나라의 왕을 거만하게 응시하다가 끌끌 혀를 찼다.

"정말이지 전하는 참으로 못 말리는 분이십니다. 대체 언제까지 이 사람을 속이려 합니까? 행주산성에서의 천운이 계속되리라 여기셨습니까?"

송응창이 화를 내는 이유는 그 입장에서는 당연했다. 선조는 송응창 몰래 권율權慄에게 밀지를 내려 남해안에 주둔한 왜적을 공격하라 명했다. 행주산성에서 대승을 거두었기에 조선군만으로도 충분히 이길 수 있으리라 믿었기 때문이었다. 사기가 하늘 끝까지 오른 권율, 김명원金命元, 이빈李蘋은 단독 출정했으나 패하고 말았다. 이는 왜적과 일시적 강화 협정을 맺은 명나라 입장에서는 배신이나 마찬가지였다. 선조는 그 실책을 잘 알기에 싹싹 빌듯이 애원했다.

"그래, 내 미안하다 하지 않소. 그 일은 잊고, 어서 명군을 보내주시오. 우리 군사들과 백성들이 모두 도륙당하게 생겼소이다."

"진주성에 있는 군사와 백성들이 모두 도륙당한다면 그건 전하께서 도륙한 거나 마찬가집니다! 도대체가 전하와는 신의를 논할 수 없습니다. 그러고도 이 나라의 군주라 할 수 있는 겁니까?"

선조는 모멸감에 손발이 덜덜 떨렸다. 그럼에도 송응창은 비웃음을 멈추지 않았다.

"앞으로 전하와 계속 큰일을 논의해야 할지 저도 고민 좀 해봐야겠습니다. 그만 돌아가시지요."

1593년 7월 중순, 왜적은 10만 명의 병사와 800척의 전선을 동원해 함안, 반성, 의령을 차례로 점령하고 진주성으로 몰려갔다. 경북 성주에 주둔해 있는 명군이 꼼짝도 하지 않자 선조는 성을 비우고 모든 병사와 백성들에게 피신하라 명을 내렸다. 도원수 권율과 곽재우郭再祐조차 10만의 왜적을 상대하는 것은 무리라고 판단하여 전투에 반대했다. 그러나 진주 목사 서예원徐禮元과 의병장들은 끝까지 싸울 것을 결의했다. 창의사 김천일金千鎰이 군사 300명, 충청 병사 황진黃進이 700명, 경상 우병사 최경회崔慶會가 500명, 복수장 고종후高從厚가 400명, 사천 현감 장윤張潤이 300명, 의병장 이계련李繼璉이 100명, 의병장 변사정邊士貞의 부장이 300명, 의병장 민여운閔汝雲이 200명을 거느리고 와서 죽음으로 성을 지킬 것을 맹약했다.

7월 10일 시작된 전투는 처음에는 조선군이 승리를 거두었으나 시일이 지날수록 왜적의 공격이 거세져 시나브로 사상자가 늘어났다. 때맞춰 내린 폭우는 조선군에게 죽음의 비나 다름없었다. 열흘에 걸친 피비린내 나는 치열한 전투 끝에 결국 진주성은 함락되었다. 모든 장수들이 적의 화살과 총탄에 목숨을 잃었으며 의병장 김천일은 성이 함락되기 직전, 조선의 백성으로서 왜적의 칼에 죽을 수 없다며 아들 상건象乾과 함께 촉석루에서 남강南江에 몸을 던져 스스로 목숨을 끊었다. 성은 마침내 함락되어 수만 명에 달하는 백성과 병사들이 처참하게 생을 마감한 것은 일러 말할 것이 없었다.

2.
재조산하再造山河,
나라를 다시 만들다

"자네와 이렇게 술잔을 기울이는 게 얼마 만인지 모르겠네."

류성룡柳成龍의 다정한 말에 이순신李舜臣은 반가움과 애끓는 정, 회한이 동시에 들어 차분히 대답했다.

"그만큼 풍파가 많은 세월이었다는 뜻이겠지요."

"평안한 날이 없었지. 특히 자넨 바람 잘 날이 없었지. 조산 만호 시절, 백의종군당했을 때는 내 심장이 다 내려앉는 줄 알았네. 어찌 그리 상관들에게 미움만 받고 살 수 있단 말인가. 적당히 청탁도 좀 들어주고 뇌물도 좀 찔러주고 할 일이지. 사람이 어찌 그리 뻣뻣한지."

전라 좌수영을 찾아온 류성룡을 대접하기 위해 이순신은 조그

마한 술상을 마련했다. '뻣뻣하다'는 말에 빙긋 웃으며 응수했다.

"대감을 닮아 그런 것 아닙니까."

공명정대함에 있어 누구에게도 뒤지지 않는 이순신이 자신을 닮아 그렇다는 말이 류성룡은 싫지 않아 빙긋 미소를 지었다. 흡족한 마음으로 술잔을 비우고는 회상에 잠겼다.

"내가 한성 건천동에서 요신李堯臣 그 친구와 자넬 처음 본 게 열세 살쯤이었으니까, 벌써 40년이 다 되어 가는구만. 그때처럼 아무 생각 없이 동부학당東部學堂에 다니던 때가 그립네."

어느새 얼굴에 흡족함이 사라지고 쓸쓸함이 묻어났다. 그때 송희립宋希立이 다급히 들어와 보고했다.

"진주성이 왜놈들에게 함락당했다 합니다."

류성룡은 어찌할 바를 모르다가 겨우 입을 열어 물었다.

"아군의 피해는?"

"7000명의 병사가 전멸하고, 3만이나 되는 백성들까지 모두 학살당했다 합니다."

앞에 높인 술잔 속의 술이 순간 시뻘건 피로 변하는 것 같아 류성룡은 가슴이 찢어질 듯 아파왔다.

"대체 얼마나…… 얼마나 더 죽어야 이 전쟁이 끝난단 말인가."

새벽녘 이불을 박차고 밖으로 나온 류성룡은 바다로 나가 모래

밭을 거닐다가 바위에 걸터앉아 파도를 하염없이 바라보았다. 철썩이는 파도소리가 백성들의 비명이자 통곡이라는 비참함이 들어 아무런 생각도 떠오르지 않았다. 어느새 다가온 이순신이 걱정스레 입을 열었다.

"진주성 소식을 듣고 밤새 통곡하셨습니다. 기억나십니까?"

"죽지 못한 게 부끄러울 뿐일세. 부산진성, 동래성, 평양성, 한성 그리고 진주성……. 금수강산이라던 조선 땅 모두가 시산혈해의 땅이 되어버렸네. 눈을 감으면 죽은 군사들과 백성들의 통곡소리가 귓속을 맴돌아 살아갈 자신이 없어."

이순신은 손을 뻗어 류성룡을 일으켰다.

"일어나시지요. 저와 갈 곳이 있습니다."

동쪽에서 떠오르는 해와 함께 피난민들이 밭을 일구고 있었다. 풍년을 기원하는 노래를 흥겹게 부르며 어린아이들도 신나게 일을 했다. 류성룡은 깜짝 놀라 물었다.

"지금 군영 안에서 백성들이 둔전을 일구고 있는 것인가?"

"그렇습니다."

백성들이 안정을 찾은 것은 기쁜 일이지만 이후의 모습이 머릿속에 그려져 류성룡은 걱정이 되었다.

"자네 성품에 백성들에게 곡물을 수확하면 나누어 준다 했겠지."

"그리 할 것입니다."

예감이 맞았다 싶어 류성룡의 얼굴에 그늘이 졌다. 자칫 오해를 받아 큰 문제를 일으킬 수 있는 사안이었다.

"큰일 날 일! 둔전은 나라 땅일세. 주상께 윤허는 받았는가?"

근심과 달리 이순신은 태평이었다. 오히려 자신감이 충만했다.

"장계를 올렸지만 별다른 명이 없었습니다. 특별히 금하라는 명이 올 때까지는 피난민들과 함께 있겠습니다. 나라의 터전이 없어졌으면 다시 터전을 닦고, 민심이 떠났다면 다시 살 수 있는 곳으로 만들어 민심을 돌아오게 해야지요. 죽음으로 도피할 생각 마십시오. 피땀으로 다시 일으켜 세우고, 땀과 눈물로 민심을 돌려야 합니다. 그 전에는 우리 모두 죽을 자격도 없습니다."

이순신은 우국충정과 애민이 가득 담긴 말을 마치고는 품에서 서찰을 꺼내 정중하게 건넸다. 류성룡은 '죽을 자격도 없다'는 말을 되뇌다가 얼결에 서찰을 받았다.

"대감께 필요할 것 같아 간밤에 한 자 적어 보았습니다. 서둘러 올라가십시오."

또 한 번 얼결에 서찰을 펼치자 단 네 글자만 적혀 있었다.

再造山河

벽에 걸린 지도의 진주성은 어제와 똑같았지만 그곳에 꽂힌 깃발을 '朝'에서 '倭'로 바꾸어야 했다. 이순신은 남해안 지도를 망연히 바라보다 한숨을 길게 내쉬었다. 그 한숨이 끝나기 전에 이봉수李鳳壽가 들어왔다. 어렸을 때부터 활을 쏘고 말을 타던 그는 전란이 터지자 약관의 나이로 이순신을 다짜고짜 찾아와 만났다. 지엄한 장군 앞에서 지형지물을 이용해 왜적을 물리칠 수 있는 계책을 서슴없이 말할 정도로 용기와 애국심이 뛰어났다. 또 화약의 원료인 염초焰硝를 만드는 기술자였기에 이순신에게 없어서는 안 될 중요 인물이었다. 그러기에 이순신은 이봉수를 볼 때마다 늘 화약에 대해 물었다.

"화약은 잘 만들고 있는가?"

이봉수는 뒷머리를 긁적이면서도 '그까짓 거' 하는 표정으로 대답했다.

"조정에서 내려준 석유황 100근 덕분에 전혀 문제없습니다."

"다행이군."

"그보다 정사준鄭思竣 군관이 대형 사고를 쳤습니다."

이순신은 깜짝 놀라 벌떡 일어섰다.

"사고? 총통을 만들다가 폭발사고라도 났는가?"

"가보시지요."

훈련장에는 얼굴이 시커멓게 그을린 정사준과 이필종李必從, 안성安成, 언복彦福, 동지同之 등이 서 있었다.

"대체 무슨 일인가?"

사고를 냈다는 정사준은 오히려 빙긋거리며 웃었다.

"장군님, 술 한잔 크게 내셔야 합니다."

뒤에 감춘 무언가를 불쑥 내밀었다.

"정철총통正鐵銃筒입니다."

이순신은 방금 전의 비참함은 잊고 감탄을 했다. 정사준이 이마의 땀을 닦아 내며 설명했다.

"왜적의 조총 때문에 우리 함선은 적선에 50보 가까이 접근하기 힘들었는데 이제 우리도 총을 만들었으니 왜적을 물리칠 수 있습니다."

감격에 겨워 총통을 이리저리 살펴보았다. 정사준이 자랑스레 설명을 이어나갔다.

"우리의 승자총통이나 쌍혈총통은 총신이 짧고 총구멍이 얕아서 조총보다 위력이 형편없었습니다. 한데, 조총을 견본 삼아 연구한 후에 정철正鐵을 두들겨 조총에 뒤지지 않는 총신을 만들었습니다. 한번 쏴보겠습니다."

50보 앞의 두꺼운 판지를 겨누었다가 방아쇠를 당겼다. 꽝, 소리와 함께 총알이 발사되면서 판자가 산산조각 났다. 생각했던 것보다 뛰어난 성능에 또 한 번 감탄한 이순신은 정사준의 어깨를 힘껏 두드렸다.

"장하네, 정말 장하네!"

정사준은 히죽 웃고는 뒤에 있는 동지와 언복을 가리키며 간청했다.

"저 세 천민을 면천해 주셔야겠습니다. 저 미련한 놈들이 면천시켜 준다는 말 한마디에 잠도 안 자고 죽도록 철을 두들겼습니다."

언복이 송구한 표정으로 손사래를 쳤다.

"아닙니다. 모두가 군관 어른 덕입니다."

동지도 그 공을 자신의 것이라 하지 않았다.

"저희는 시킨 대로 열심히 했을 뿐입니다."

이순신은 안성, 언복, 동지의 얼굴을 차례차례 보며 힘주어 말했다.

"너희들의 재주가 아니었다면 어찌 이 총통을 만들 수 있었겠느냐? 내 너희 공을 고해 반드시 면천시킬 테니 왜적들을 박살내는 일에 온힘을 기울여다오!"

"그저 감사합니다요."

이순신은 파발을 띄워 류성룡에게 총통을 전해 임금에게 전하게 한 뒤 그날 밤 붓을 들어 일기에 이렇게 기록했다.

맑음. 정철총통은 전쟁에 가장 긴요한 것인데도 우리나라 사람들은 그 만드는 법을 잘 알지 못하였다. 이제야 온갖 연구를 거듭하여 조총을 만

들어 내니, 왜의 총보다도 나았다. 명나라 사람이 진중에 와서 시험사격을 살펴보고는 잘되었다고 칭찬하지 않는 이가 없다. 이미 그 비법을 알았으니, 도내에서 같은 모양으로 넉넉히 만들어내도록 순찰사와 병사에게 견본을 보내고, 공문을 돌려서 알게 했다.

晴 正鐵銃筒 最關於戰用 我國之人 未詳其造作妙法 今者百爾思得 造出 鳥筒則最妙於倭筒 唐人到陣試放 無不稱善焉 已得其妙 道內一樣優造事 見 樣輪送 巡察使 兵使處 移牒知委

－《난중일기》1593년 9월 14일

또한 '봉진화포장封進火砲狀'을 기술해 선조에게 올렸다.

삼가 아뢰나이다. 신이 여러 번 큰 전쟁을 겪어 왜인의 조총을 얻은 것이 많사온데 (중략) 우리나라 승자나 쌍혈 등은 총통이 얕아서 그 힘이 왜의 총통만 못하므로 매양 조총을 만들고자 하였삽던 바, 신의 군관 훈련주부 정사준이 비법을 알아내어 대장장이 낙안 수군 이필종, 순천 사노私奴 안성, 피난민 김해 절종寺奴 동지, 거제 절종 언복 등을 데리고 정철을 두들겨 만들었는데 (중략) 작업하기도 그리 어렵지 않아 수군 소속 각 고을과 포구에서 같은 모양으로 만들게 하는 것 외에 한 자루는 권율 장군에게 보내어 각 고을에서도 일제히 제조하도록 하셨사옵니다. 오늘날 적을 제어하는 무기는 이것보다 나은 것이 없삽기로 정철로 만든 조총 5자루를

봉하여 올려 보내오니, 엎드려 원컨대 조정에서도 각 도와 각 고을에 명령하여 모두 다 만들게 하시기 바라오며…….

우리 힘으로 총통을 만들어냈지만 그것으로 당장 왜적을 물리칠 수는 없었다. 선조는 진주성의 비극이 머릿속에서 떠나지 않았다. 평안도 영유永柔의 행재소에서 윤두수尹斗壽를 앞에 두고 침통하게 넋두리를 늘어놓았다.

"군사 7000에 백성 3만이 도륙당했소. 정녕 우리 힘만으로는 안 되는 것이오? 정녕 행주에서의 대승은 천운이었단 말이오?"

윤두수 역시 가슴이 절절이 아팠지만 실패의 요인을 되새기지 않을 수 없었다.

"우리 군사들의 힘이 모자라서가 아닙니다. 전술에 문제가 있었습니다. 도원수 권율이 함안에서 왜적에게 쫓겨 물러났다 하더라도, 전라도로 피하지 않고 진주성으로 들어가 함께 방어했다면 행주산성처럼 승리했을 것입니다. 하지만 아군이 분산되어 일부만 진주성으로 들어가는 바람에 참패를 불러온 것입니다."

선조가 벌컥 화를 냈다.

"그만두시오. 좌상은 몰라도 너무 몰라요! 전술이든 전략이든, 모든 게 우리가 단독으로 적을 공격하는 바람에 이런 참담한 결과를 초래한 것 아니오! 이제 다시는 내게 명군 없이 단독으로 왜적을 치라는 소린 꺼내지도 마시오!"

무안해진 윤두수가 슬그머니 눈길을 돌렸다.

큼, 헛기침을 하고는 선조가 물었다.

"대체 류성룡은 언제 올라온단 말이오?"

"전라 좌수영까지 살피고 온다는 장계를 보냈으니 시일이 걸릴 것입니다."

"서둘러 오라 하시오. 조선의 군국기무를 맡은 자가 없으니, 이 모양 이 꼴 아니오! 정철에게선 소식 없소?"

"지금쯤 북경에 도착했을 것입니다."

선조는 휴, 한숨을 내쉬고는 애가 탄 목소리로 중얼거렸다.

"송응창의 강화 음모를 황상에게 반드시 알려야 할 텐데……. 명나라가 이 나라를 떠나면 안 됩니다, 결코 안 됩니다."

3.
거짓이 난무하는
강화 협상

지극히 곤란하기는 정철도 마찬가지였다. 평양을 출발해 안주, 정주, 의주를 지나 압록강을 건넌 후 단동丹東, 심양瀋陽, 금주錦州, 진황도秦皇島, 당산唐山을 거쳐 4000리 가까운 길을 지나 뜨거운 한여름에 북경에 당도했다. 며칠을 기다린 끝에 어렵사리 자금성으로 들어갔고, 또 어렵사리 석성을 만났다. 그럴 때마다 적지 않은 은자를 명나라 관리들에게 쥐어주어야 했다. 비단옷을 화려하게 입은 석성은 선조의 표문을 대충 읽고는 만족한 웃음을 지었다.

"왜적들이 대마도로 물러갔다니, 참으로 다행이오."

"모두가 황은과 상서 대인의 은혜입니다."

"나야 뭐 당연한 도리를 한 것뿐이오. 이 표문은 황상께 잘 전하

28

겠소."

정철은 멈칫했다. 단지 표문을 석성에게 건네주기 위해 그 먼 길을 힘들게 온 것은 아니었다.

"표문을 제가 직접 황상께 올리면 안 되겠습니까? 제가 직접 황상께 엎드려 은혜를 높이 찬양하는 게 제후국으로서의 도리지요. 많지는 않지만 은자도 좀 가져왔고요."

"그건 어렵소. 황상께서 요즘 들어 더더욱 국사를 살피지 않고 계시는지라. 나도 알현치 못한 지가 석 달이 넘었어요. 중요한 사안이면 내게 말하시오. 기회를 봐서 주청 드리겠소."

'기회를 봐서?' 정철은 난감함을 넘어 현기증이 일 정도였다. '꼭 주청 드리겠소'가 아니라 '기회를 봐서'라니? 쓰디쓴 표정을 짓자 석성이 고개를 앞으로 내밀었다.

"일단 나에게 말하시오. 내가 꼭, 황상께 보고하겠소."

정철은 '꼭'이라는 말을 완전히 믿을 수 없음에도 입을 열 수밖에 없었다.

"왜놈들이 조선에서 물러갔다는 얘기는 거짓입니다. 이 표문도 모두 허위입니다. 송응창과 심유경이 시켜 어쩔 수 없이 한 겁니다."

"그게 대체 무슨 소리요?"

"송응창이 왜놈과 싸워 물리칠 생각은 하지 않고 강화만 하려 합니다. 그러고는 황상께는 왜적을 물리쳤다고 거짓말을 하게 한 것입니다."

석성은 고개를 똑바로 세우고는 정철을 매섭게 노려보았다.

"송응창이 시켰다는 말도 믿을 수 없고, 또 아무리 시켰다 해도 황상을 기만하는 건 더더욱 있을 수 없는 일이오! 조선 왕의 표문 도 아닌 일개 신하에 불과한 그대 말을 어찌 믿는단 말이오! 당장 물러가시오!"

"……."

정철이 입을 열려 하자 석성이 벌떡 일어서 부관을 호출했다.

"이 대신을 정중히 영빈관으로 안내하거라."

"그그……."

"당장 나가시오! 헛된 말로 황상을 기만하려 하지 마시오."

당황과 비참함으로 거의 울상이 된 정철이 부관들에게 이끌려 밖으로 나가자 석성은 분통이 치밀었다.

"이 바보 같은 놈들. 들키지 않고 강화를 진행할 일이지, 조선의 대신들이 모두 알게 하면 어쩌잔 말이야."

나고야 성에서 풍신수길은 기쁨에 겨워 웃음을 주체할 수 없었 다. 건성으로 마시던 찻잔을 내려놓고는 정전淀殿(요도도노)의 불룩 한 배를 쓰다듬었다.

"오, 많이 자랐군. 아들아, 어서 나와 이 애비 얼굴을 보아야지.

이 애비는 네가 보고 싶어 목이 빠질 것 같구나.”

영녕寧寧(네네, 기타노만도코로)이 그런 풍신수길에게 부드럽게
말했다.

“그러지 마십시오. 더 자라야 합니다. 아이가 지금 나오면 건강
하지 못합니다.”

“그런가?”

세 사람이 행복의 웃음을 터뜨릴 때 문밖에서 인기척이 들렸다.

“태합 전하, 고니시와 이시다가 당도했습니다.”

정전과 영녕이 서둘러 옆방으로 건너가자 무장을 갖춘 두 사람
이 들어왔다. 무릎을 꿇고 절을 올리고는 곧바로 본론을 꺼냈다.

“태합 전하, 시일이 너무 지났습니다. 이제 명 사신을 만나주시
지요. 시일을 너무 끌면 명군과 조선군이 다시 진주성을 칠 수도
있습니다. 진주성을 빼앗기면 협상이 불리해집니다.”

“그런가? 좋아. 사흘 후에 데리고 오너라.”

사용재와 서일관은 풍신수길을 보는 순간 ‘저런 인간이 어떻게
왜국을 통일하고, 어떻게 전쟁을 일으켰을까?’ 의아심이 들었다.
가녀린 무희들이 넓은 방에서 춤을 추는 모습은 기이하기 짝이 없
었고, 대국의 사신을 맞는 예법에도 크게 어긋났다. 그 무희들 틈에
끼여 풍신수길은 꽃 한 송이를 들고 볼썽사납게 춤을 추었다. 그럼

에도 좌우로 늘어선 전전리가, 소서행장, 석전삼성石田三成(이시다 미쓰나리)은 금방이라도 주군을 위해 목숨을 바칠 기세였다. 어리둥절한 사용재와 서일관 앞으로 풍신수길이 갑자기 얼굴을 쑥 들이밀었다. 깜짝 놀라는 두 사람에게 들고 있던 꽃을 툭 던졌다.

"짐은 말이오. 꽃과 춤을 아주 좋아하오. 피가 난무하는 전쟁을 정말 싫어하지. 끔찍해."

"아, 예……."

"그런데 짐처럼 평화를 좋아하는 사람이 한번 화가 나면 세상을 파탄낼 수도 있소."

어쩌면 그럴 수 있으리라는 생각이 들어 사용재는 침을 꿀꺽 삼켰다. 그 민망한 소리가 분위기를 깼다고 여겼는지 풍신수길은 갑자기 소리를 질렀다.

"모두 물러가라."

무희들이 우르르 몰려나가자 저만치 상석에 앉아 윽박지르듯 물었다.

"짐은 명나라와 교역이 끊긴 지 오래됐고 해서 다시 좋은 관계를 맺으려 했을 뿐인데, 조선이 길을 빌려주지 않아 오늘 같은 사달이 난 것이오. 안 그렇소?"

"……."

"강화에 관한 조건은 보았소?"

"네."

풍신수길이 턱짓을 하자 전전리가가 나섰다.

"가장 중요한 것은 조선의 한강 남쪽을 우리 땅으로 인정하는 것이오. 그렇지 않으면 우리는 다시 조선 땅 전부를 점령할 것이오. 그대의 황제에게 반드시 그리 전하시오."

"알겠습니다."

"그렇게 된다면 인질로 잡고 있는 두 왕자를 풀어주겠소."

"알겠습니다."

사용재가 그저 '알겠습니다'라고 연이어 대답하자 풍신수길은 그 대답이 자신의 위용에 굴복한 것이라 생각하고는 호탕한 웃음을 터트렸다.

"하핫! 만약 우리 조건이 받아들여지지 않으면 다시 조선 팔도를 도륙내겠소, 진주성처럼 말이오. 하핫!"

며칠 후 부산의 총군영으로 건너온 소서행장은 심유경과 마주 앉아 거짓 강화문서를 만드느라 밤을 새웠다. 심유경은 음흉한 미소를 지으며 입을 열었다.

"자, 이제 일본국이 우리 황상께 사신을 보낼 차례요."

"사신은 준비되어 있소."

"그렇다면, 황상께 바칠 항표降表는?"

"어찌 쓰면 되겠소?"

"우선, 일본국은 명나라의 제후국諸侯國이 되려 했다……. 어차피 형식적인 것이니 내가 부르는 대로 쓰시오. 음, 제후국이 되려는 마음을 조선을 통해 명에 전하려 했지만, 조선이 묵살하는 바람에 풍신수길은 이를 원망하여 군사를 일으킨 것이다."

소서행장은 쾌히 승낙했다. 어차피 가짜 항복문서이기에 어떤 내용이든 논란을 삼을 필요가 없었다. 평의지는 소서행장의 눈치를 살피고는 심유경의 말을 재빨리 받아 적었다.

"좋소. 다음은?"

"평양에서 심유경과 소서행장은 강화 협상을 했으나, 조선이 이를 무시하고 전쟁을 다시 걸어왔다. 허나, 소서행장은 심유경과의 약속에 따라 점령한 조선 땅을 반환했다. 풍신수길은 명 황제에게 제후국 왕으로 책봉을 받고 싶어 한다. 그것이 허락된다면 '신하'로서 공물을 바치겠다. 이 정도면 되지 않겠소?"

"좋소. 그런데 항표로 명 황제의 눈을 가리는 건 좋지만 조선 땅은 어찌할 것이오? 만약 한강 이남을 할지해 주지 않는다면 우리 태합 전하는 다시 전쟁을 일으킬 것이오."

"그것에 대해서는 염려하지 마시오. 조선 왕을…… 바꾸려고 생각 중이니."

"……"

심유경은 군막 안에 아무도 없는 것을 분명히 알면서도 갑자기 주위를 둘러보고는 목소리를 낮추었다.

"우리 말을 고분고분 잘 듣는 왕으로 말이오."

"광해 말이오? 그 자는 우리에게 더 강경한 인물일 텐데."

"흐훗. 다 방법이 있으니, 기다리시오."

소서행장은 잠깐 생각하다가 평의지를 불러 은밀하게 일렀다.

"너는 나이토小西飛彈守(소서비탄수, 고니시 히다노카미, 나이토 조안)를 데리고 북경에 다녀와라. 넌 지금부터 내 수하가 아니라, 본국에서 태합 전하가 보낸 일본 사신이다. 당장 출발 준비해!"

한편 가등청정은 협상 과정에서 자신이 소외되고, 또 힘겹게 붙잡은 두 왕자 임해군臨海君과 순화군順和君을 풀어주는 것에 분통을 터트렸으나 풍신수길의 명령이었기에 어쩔 수 없었다. 일본국의 수많은 장수들 중에서 하필 소서행장이 자신의 경쟁 상대가 된 것이 불운이라 여겼다. 언젠가는 반드시 무릎을 꿇리겠다고 결심했다.

계사년(1593) 6월, 임해군과 순화군은 왜적의 인질에서 풀려났다. 심유경과 소서행장 사이에 맺은 강화 협상의 작은 아량이었다. 송응창과 심유경은 왜국에 가짜 명 사신을 보내고, 소서행장 또한 풍신수길의 뜻과 상관없이 가짜 사신 평의지와 가짜 항복문서降表를 북경으로 보냈다.

4.
면천을 통해
강병을 육성하라

말에 올라 북으로 향하는 류성룡은 마음에 비참함과 아울러 감격이 가득했다. 진주성의 비극은 말할 수 없이 가슴 아팠으나 뒤따르는 이천리의 말에 정철총통이 실려 있기에 그 비참함을 어느 정도 지워낼 수 있었다. 이제 그 총을 대량으로 만들어 내면 당장 군사강국이 될 수는 없을지라도 처참한 전쟁을 끝낼 수 있을 것이었다.

"네 이놈 당장 놓지 못할까?"

갑자기 들려오는 다급한 비명에 류성룡의 즐거운 상상이 깨져버렸다. 산길 끝의 마을 초입에서 예닐곱 명의 사람들이 엉겨 붙어 싸움을 벌이고 있었다. 깜짝 놀라 살펴보니 그것은 싸움이 아니라 한쪽의 일방적인 패악질이었다. 칼과 창을 들고 소리를 지르는 사람은 명나라 병사들이었고, 두들겨 맞으며 애걸복걸하는 사람들은 조선의 관원들과 백성들이었다. 그 옆에 소 한 마리가 우두커니 서서 싸움하는 사람들을 무심히 바라보았다.

"저건 우리 조선 군사와 명나라 군사가 아니냐?"

이천리가 눈을 둥그렇게 뜨고 싸움질을 바라보다가 급히 말을 몰아갔다. 사태를 짐작한 류성룡도 그 뒤를 따랐다.

"이놈들, 당장 멈춰라!"

그 호통에도 아랑곳없이 명 병사는 땅바닥에 쓰러진 조선 병사 위에 올라타 주먹으로 마구 때렸다. 이천리가 달려들어 발차기로 쓰러뜨리자 일제히 칼을 빼들었다. 그러나 물러설 이천리가 아니었다. 칼을 빼들어 노려보자 그들은 주춤 뒤로 물러섰다. 류성룡은 말에서 내려 위압적으로 물었다.

"나는 삼도 도체찰사 류성룡이다! 네놈들은 어느 장수 휘하냐?"

그 서슬에 명 병사들이 슬슬 눈치를 보다가 알아들을 수 없는 욕을 뱉어 내며 도망쳤다. 이천리가 관군을 일으켜 부축하자 입에 고인 피를 한 움큼이나 뱉어 냈다. 류성룡은 그 모습에 가슴이 저려왔다.

"대체 무슨 일인가? 명군들이 왜 우리 백성들과 관원까지 구타를 한단 말인가?"

옷이 찢어지고 얼굴에 상처까지 난 관군의 목소리에는 분노와

억울함이 가득했다.

"말도 마십시오. 저놈들은 병사들이 아니라 도적떼입니다. 소인은 이곳에 주둔해 있는 명군의 군량미를 대주는 소임을 맡고 있는데, 저렇게 매일 마을로 내려와 백성들의 식량과 소를 강탈해 갑니다."

"군량미가 많이 부족한가?"

"우리는 굶어죽어도 명군은 한 끼도 굶지 않습니다요. 군사 한 명당 날마다 세 말을 주고 있으니 오히려 쌀이 남아돕니다요. 그런데 소를 끌고 가면서 쌀 한 말을 주고 갑니다. 강도질도 이런 강도질이 없습니다. 이건 아무것도 아닙니다요. 재물을 약탈하고 부녀자까지 군영으로 끌고 가는 바람에 백성들이 산으로 숨을 지경입니다. 오죽하면 왜놈들을 얼레빗이라 하고, 명나라 놈들을 참빗이라 하겠습니까?"

류성룡은 분노가 머리끝까지 치솟았다. 명나라 병사들을 먹이기 위해 백성들은 굶주리고 있는데도 재물을 약탈하는 것은 있을 수 없는 일이었다. 말머리를 돌려 산 아래에 주둔한 명의 진영으로 가자 마침 조승훈祖承訓이 다른 곳에서 끌고 온 소를 잡으려 하던 참이었다.

"오늘 저녁에는 푸짐하게 한번 먹어보자."

류성룡은 대뜸 큰소리로 외쳤다.

"이보시오 조 부총병!"

조승훈은 깜짝 놀라면서도 당황해서 대답을 제대로 하지 못했다.

"아아니 이이게 누구시요? 삼도 도체찰사께서 이곳엔 어인 일로?"

"저 소를 당장 백성들에게 돌려주시오!"

"그게 무슨 말씀이십니까? 이 소는 우리 군사들이 아끼고 아낀 군량미를 주고 바꿔온 것입니다."

"허튼 수작 부리지 마시오. 소 한 마리에 쌀 한 말이 가당키나 하오? 이는 분명 노략질이오."

"노략질이라니, 말이 너무 심하오. 조선이 우리 군사들에게 배불리 고기를 먹인 적이 있소이까? 우리가 벽제관 전투에서 참패한 것도 다 그런 이유 때문입니다. 제대로 먹지 못한 군사가 무슨 기력으로 싸워 이길 수 있단 말이오!"

"그걸 지금 말이라 하시오? 이 참담한 시절에 우리 백성들은 풀뿌리로 연명하면서, 그대들에게 쌀을 내주었소. 그나마 저 소는 농사를 짓기 위해 남겨둔 백성들의 목숨이오. 저 소라도 남아 있어야 다시 농사를 짓고 명군에게 군량미를 댈 수 있을 것이니 당장 돌려주시오."

"흥, 나는 모르는 일이오."

비웃음이 가득한 조승훈을 얼굴을 노려보다가 류성룡은 이천리의 칼을 빼앗아 자신의 목으로 가져갔다.

"그대의 말이 맞소이다! 이 모두가 배불리 고기를 먹이지 못한 내 탓이오! 그러니 이 죄인은 차라리 여기서 자결하겠소."

모두가 깜짝 놀라 허둥거렸지만 칼은 더 깊이 류성룡의 목을 파고들었다. 급기야 붉은 피가 흘러내리자 조승훈이 다급히 만류했다.

"제발 그만두시오! 이 사람이 잘못했소이다. 소를 돌려주겠소."

천만다행으로 그날 붙잡혀 온 소는 농부에게 돌아갔으나 모든 소들에게 천만다행한 일이 일어날 수는 없었다. 류성룡이 명 군영을 떠난 지 하루가 지나기도 전에 조승훈은 다른 소를 강탈해와 푸짐한 잔치를 벌였다.

어찌 조승훈뿐일까? 명군이 주둔하는 마을은 어디나 마찬가지였다. 기와집이건 초가집이건 분탕질을 일삼고, 하찮은 살림살이에 불과한 가재를 마구 부수고, 마루 밑까지 파헤치고, 아낙네의 비녀까지 뽑아갔다. 처녀가 있으면 무조건 끌고 갔고, 저항하는 사람은 흠씬 두들겨 맞았다. 참다못한 관군이 만류하면 역시 몽둥이찜질을 당했으며 심지어 목에 줄을 매서 끌고 가기도 했다. 장교마저도 모욕과 수난을 피할 수 없었다. 그렇게 강탈한 식량으로 명군들은 매일 부어라, 마셔라 난장판을 벌였고 그럴수록 조선 백성들의 삶은 피폐해져 갔다.

훗날 명나라 사신 사헌司憲은 조선을 떠나면서 류성룡에게 이렇게 물었다.

"조선 사람들이 말하는 것을 들어보니, 왜적이 해를 끼친 것은 얼레빗과 같고, 명나라 군사가 해를 끼친 것은 참빗과 같다 하더이다. 그것이 사실이오?"

류성룡은 완곡하게 대답할 수밖에 없었다.

"옛말에 이르기를 '군대가 주둔하는 곳에는 가시나무밖에 자라지 않는다' 했습니다. 즉 형극생荊棘生일 뿐이지요. 명 군영으로 인해 어찌 작은 소란과 침해가 하나도 없을 수 있었겠습니까."

일찍이 노자가 형극생을 말하였지만 그 처참한 가시나무가 왜적이 아닌 '구원군'이라 칭하는 명나라 병사들로 인해 생겨난 것은 선조나 류성룡에게 가슴 아픈 일이 아닐 수 없었다.

이슥한 밤에 류성룡은 선조와 마주 앉았다. 머릿속에는 명나라 병사들의 행패가 떠올랐으나 굳이 임금에게 고할 필요는 없었다. 그보다 더 심각한 것은 왜적과 명나라의 강화 협상이었다.

"분명 무언가 꿍꿍이가 있습니다. 결코 항복할 왜적들이 아닙니다. 지금 왜적들은 부산을 거점으로 동래, 기장, 웅천, 서생포, 안골포, 죽도, 거제도에 이르기까지 성을 보수하고 축성하고 있습니다. 항복하려는 놈들이 성을 축성할 리가 있습니까?"

"장기전을 대비하겠다는 것 아닌가?"

"그렇습니다."

"차라리 잘됐소. 나 또한 왜놈들을 모조리 도륙해도 시원찮을 판에 그놈들이 항복하고 본토로 돌아가길 원하지 않소."

류성룡은 선조의 의분심이 오래 가기를 바랐다.

"신 또한 같은 생각입니다. 허나, 명군은 강화를 진행하며 싸우려 하지 않고 있는데, 지금의 우리 군사들만으로 적을 무찌르기가 쉽지 않습니다."

"어찌하면 좋겠소?"

"아무런 이익 없이 남의 나라를 위해 희생하는 나라는 없습니다. 언제고 떠날 명군에 대한 기대를 버리고, 우리 스스로의 힘을 길러야 하옵니다."

선조는 한숨을 내쉬면서 류성룡의 얼굴을 빤히 바라보았다.

"난들 그러고 싶지 않겠는가. 무슨 좋은 방안이라도 있소?"

류성룡은 바로 그 말을 기다렸다. '좋은 방안'이 있느냐는 질문이 나오기를 기다렸던 것이다. 옆에 두었던 보자기를 벗겨 안에 있던 물건을 꺼내 조심스레 선조 앞에 놓았다. 아니나 다를까 임금의 눈이 휘둥그레졌다.

"이것은…… 왜적의 조총 아니오?"

"조총이 아닙니다. 이순신의 전라 좌수영에서 개발한 정철총통이라는 것입니다. 시험해 보았는데, 조총에 뒤지지 않는 화력을 지니고 있사옵니다."

"그렇지 않아도 이순신이 보낸 장계를 읽고 그 실체가 궁금했는데 정말 훌륭하오."

"이 정철총통으로 우리도 왜적처럼 강력한 총포부대를 만들어야 하옵니다. 더불어 뛰어난 궁수와 살수殺手를 양성할 수 있는 훈련도감訓鍊都監을 만드시옵소서!"

다음 날 밤 이덕형李德馨과 명나라 장군 낙상지駱尙志가 류성룡의 부름을 받고 왔다. 이덕형은 훈련도감에 대해 무조건 찬성이었으나 그 방법은 무엇일지 궁금했다.

"인재를 양성하는 것은 무엇보다 중요합니다만, 오랜 시일이 필요하지 않습니까. 게다가 인재를 양성할 교관은 어디서?"

류성룡은 아무런 대답 없이 낙상지를 바라보았다. 그 눈길에 모든 것을 짐작한 듯 낙상지는 빙긋 웃으며 물었다.

"훈련도감을 만드신다는 이야기는 들었습니다만."

"우리는 지금 뛰어난 군사를 양성할 교관과 체계가 없소. 낙 참장이 도와줄 수 있겠소?"

"바라던 바입니다. 사실 저도 조선 군사들을 겁쟁이로만 생각했었습니다. 한 달 만에 도성을 빼앗긴 것도 모자라 한 번도 제대로 왜적과 싸우지 못하고 도망가기에 급급한 조선 군사를 보고 어느 누가 겁쟁이라 여기지 않겠습니까?"

류성룡과 이덕형의 얼굴이 빨갛게 달아올랐으나 부인할 수 없는 사실이었다. 낙상지는 웃음을 거두고는 진지하게 말했다.

"한데, 평양성에서부터 조선군과 연합작전을 펴면서 느낀 바가 있었습니다. 조선군은 용맹함이 없는 게 아니라 싸우는 재주가 없었습니다. 제대로 싸우는 방법과 재주만 익히면 명군보다 못할 이유가 없습니다."

류성룡은 그제야 안심이 되어 고개를 끄덕였다.

"그래서 훈련도감을 생각한 것이오."

"제가 데리고 있는 절강성의 군관들은 진법과 창술, 검술, 낭선狼筅에 능한 자들이 많습니다. 또한 화포나 총포에 능한 자들도 있고요. 최고의 인재를 교관으로 내어드리겠습니다."

이덕형이 고개를 갸웃했다.

"낭선이란 무엇이오? 처음 듣는 병법인데."

"병법이 아니라 무기의 일종이지요. 가지를 치지 않은 대나무를 손잡이로 사용하는 병기인데 척계광戚繼光 장수가 아주 능숙합니다."

"그런 병기를 활용하는 방법을 전수해 준다면 우리로서는 감복할 따름이지만, 이여송 장군이 허락하겠소?"

"가뜩이나 조선군을 좋아하지 않는데 허락할 리 있겠습니까? 허나, 제가 책임지고 은밀하게 파견하겠습니다. 우선 한두 사람만

집중적으로 가르치면 됩니다."

"한 사람이 열을 가르치고, 열 사람이 백을 가르치고, 백이 천을 잇달아 가르치면 결국 수만의 정예 군사를 길러낼 수 있을 것이오."

교관을 구하는 일은 해결되었으나 더 중요한 문제가 남아 있었다. 류성룡은 선조와 독대한 자리에서 그 문제를 꺼냈다.

"훈련도감의 군사들을 최정예 군사로 육성하기 위해서는 그냥 군역을 지게 해서는 안 됩니다. 하루에 두 되씩 양식을 주도록 윤허하여 주시옵소서."

"강병을 육성하는데 무엇이 아깝겠소. 그리 하시오."

"그리고 그 전에 반드시 윤허하실 사안이 한 가지 더 있습니다."

"무엇이오? 뭐든지 말하시오. 내 모든 걸 지원하겠소!"

"이순신이 정철총통을 개발할 수 있었던 것은 정사준이라는 군관뿐 아니라, 정철을 단련해 총신을 만들어낸 언복과 안성, 동지라는 천민이 있었기 때문입니다. 인재는 어디에도 있기 마련입니다. 어찌 천민 중에도 무력과 용력이 있는 자들이 없겠습니까."

"그렇겠지."

"용력과 무력이 있는 천민들도 왜적을 벤 공이 있다면 면천免賤해 훈련도감에 복무토록 윤허하여 주시옵소서."

"천민들을 면천하라?"

"전쟁으로 많은 장정들이 죽었습니다. 양인만으로는 군사의 수

효를 충당하기 힘듭니다. 나라가 백척간두에 있사온데 힘 있는 장정들이 천민과 노비로 묶여 있어야 되겠습니까."

여태까지 잘 따라오던 선조는 '면천'이라는 단어 앞에서 주춤거렸다.

"공노비야 왕실과 나라의 노비이니 면천이 가능하겠지만, 사노비는 엄연히 주인이 있는 재산인데, 양반들이 내놓으려 하겠나?"

류성룡은 예측하고 있었던 터이기에 망설이지 않았다,

"나라가 없으면 양반과 노비의 구분이 어찌 있을 것이며, 또한 왜적에게 목숨을 잃은 뒤에 어찌 노비를 부리겠습니까. 양반들이 살려면 나라가 먼저 살아야 하지 않겠습니까! 전하께서 더욱 거세고 강하게 나가시면 되옵니다!"

그럼에도 선조는 주저했다.

"나도 동감하오만 힘들 것이오. 경이 조정 대신들을 설득할 수 있겠소?"

"여론을 살펴보고 공감을 이끌어내겠습니다."

두말할 것도 없이 이덕형, 이원익李元翼, 김응남金應南, 이항복李恒福은 찬성이었다. 그러나 여론을 주도하는 대간들은 약속이나 한 듯 반대였다. 류성룡은 골똘히 생각하다 물었다.

"사재감정司宰監正 유조인柳祖訒을 설득하면 어떻겠나?"

김응남이 좋은 생각이라 여겨 선뜻 대답했다.

"궁중에서 쓰는 어물, 육류, 소금 등을 맡은 유조인은 천거로 출사한 지 겨우 10년밖에 안 됐지만 학문이 깊고 사리분별이 명쾌하여 많은 대간들이 따르는 편입니다."

이덕형도 거들었다.

"분조 때도 세자익위사世子翊衛司로서 저하를 잘 보필했지요. 하지만 원리원칙에서 한 치도 벗어나지 않으려 하기에 결코 동조하지 않을 것입니다."

동조하지 않는 또 한 사람은 윤두수였다. 이항복을 앉혀 놓고 그 이유를 설명했다.

"아무리 병력 증강을 위한 것이라지만 이건 아닌 것 같소. 공노비는 나라의 재산이니 그렇다 쳐도, 사노비를 면천해 군역을 지게 한다면, 이는 나라가 양반의 재산을 강탈하는 것이나 마찬가지요. 당장이야 왜적이라는 큰 적이 눈앞에 있으니 일시적으로나마 마지못해 노비들을 내놓을 수도 있겠지. 허나, 노비가 면천이 되면 상황은 달라지오. 국난이 끝난 뒤에 그들이 다시 노비가 되어 주인에게 돌아갈 리가 만무하지. 양반과 지주들이 따르지도 않을 것이고. 전하께서 외롭다 못해 위태로워질 수도 있어요."

그때 유조인이 성큼 들어서 다짜고짜 소리쳤다.

"위태롭다 못해, 나라가 망하게 됩니다!"

이항복은 깜짝 놀라 그저 유조인의 입만 응시했다. 유조인은 윤두수 앞에 예의를 갖추어 앉으면서도 목소리만큼은 강경했다.

"내 그간 궁중 살림이나 하는 관직이라 비변사에 발걸음을 자제했습니다만 오늘은 한 말씀 드려야겠습니다. 류성룡 대감이 병력 증강을 위해 내놓은 방안은 일고의 가치도 없습니다. 잠시 혼절한 병자를 깨우겠다고 극약처방을 해 결국은 병자를 죽게 만드는 우매한 생각입니다."

이항복은 얼굴을 잔뜩 찌푸렸으나 유조인은 아랑곳하지 않았다.

"반상의 질서는 이 나라를 지탱해온 근간입니다. 한데, 천한 종이 면천이 되고, 또 공을 쌓아 벼슬을 얻으면 우리는 천한 종놈들과 마주 앉아 국사를 논의하게 될 것입니다. 면천 노비가 한둘에 그친다면 문제가 없겠지요! 허나, 이 전란을 틈타 수천, 수만의 노비들이 신분상승을 꾀하려 몰려들 것이고, 앞 다투어 공을 세우려 할 것입니다! 천민과 양민 수백 명만 모여도 나라를 엎으려는 역도가 되기 마련인데, 수천 명이 모여 반상의 질서를 뒤엎는 역도가 된다면 그 세력을 어찌 감당할 수 있겠습니까! 그리되면 왜적들에게 짓밟혀 나라가 망하나, 노비들이 난리를 일으켜 나라가 망하나 매한가집니다!"

한편으로 타당한 그 말은 선조의 귀와 류성룡의 귀로 동시에 들어갔다. 선조는 한 나라의 통치자로서 백성보다는 대신들의 의견에 기울어질 수밖에 없었다. 그럼에도 마음 한구석에는 어떻게 해서든 왜란을 극복하고 대신들의 기를 꺾어 놓고 싶은 욕심이 있었기에 "비변사 도제조都提調를 겸직하게 해달라"는 청을 쾌히 승낙했다. 즉시 류성룡은 조정의 대신들은 물론 멀리 전장을 지키고 있는 권율, 김명원, 이일李鎰, 이빈 등의 장수에게 파발을 보냈다.

이윽고 비변사로 이덕형, 이원익, 김응남, 이항복, 권율, 김명원, 이일, 이빈, 윤두수, 유조인이 모였다. 좌장격인 윤두수가 먼저 입을 열었다.

"비변사 당상들을 모두 불러놓고 어찌 도제조는 보이지 않는가?"

그 말이 끝나기도 전에 류성룡이 성큼 들어와 도제조 자리에 앉았다. 사람들의 의아한 표정을 묵살하듯 위엄 있게 입을 열었다.

"삼도 도체찰사 류성룡, 전하의 명을 받아 오늘부로 비변사 도제조를 겸직하게 되었소이다!"

모두 깜짝 놀라 서로의 얼굴을 바라보면서도 윤두수와 유조인만은 심하게 얼굴을 일그러뜨렸다. 그 직책이 중요하지 않다는 듯 유조인이 차갑게 하문했다.

"무슨 일이기에 먼 곳에 있는 장수들까지 급히 불렀습니까?"

"비변사는 변방 오랑캐의 침입이나 전란이 발생했을 때, 군정과 민정, 외교와 재정에 이르기까지 모든 국사를 논의하고 의결하는 최고 기관이오! 이미 이 사안을 모르는 분은 없을 터, 바로 여러분의 뜻을 묻고 의결하고자 하오. 훈련도감을 설치하고, 공사를 가리지 않는 천민과 노비의 충군充軍에 대해 동의하는 분은 자리에서 일어나 주시오!"

이덕형이 가장 먼저 벌떡 일어섰다.

"형조참판 이덕형은 그 뜻에 따르겠습니다."

이어 대신들이 앞서거니 뒤서거니 일어서느라 의자 삐걱이는 소리가 비변사에 가득 찼다.

"평안도 관찰사 이원익도 뜻에 따르겠습니다."

"대사헌 김응남도 뜻에 따르겠습니다."

"도원수 권율도 뜻에 따릅니다."

"공조판서 김명원도 뜻에 따르겠소이다."

"병조판서 이항복도 동의합니다."

이일은 밍기적거리다가 일어섰으나 뜻은 분명히 밝혔다.

"포도대장 이일…… 따르겠습니다."

이제 두 사람만이 남았다. 윤두수는 눈을 꽉 감았고, 유조인은 짧지만 분한 목소리로 힐난했다.

"이는 나라의 근간을 해치는 일입니다."

그의 분노에 찬 목소리가 채 가라앉기 전에 선조가 아무런 선통도 없이 비변사로 들어섰다. 황공한 대신들이 모두 일어서자 차분하게 물었다.

"논의가 끝났소?"

류성룡이 감격에 겨운 목소리로 대답했다.

"비변사 당상들 대부분이 노비 충군에 동의했습니다. 이제 전하께서 비답을 내려주시옵소서."

"노비 충군을 윤허하겠소. 천민과 양민, 서얼도 과거를 볼 수 있도록 하시오. 합격한 자는 훈련도감에서 훈련케 하시오."

"왜적의 수급을 베어온 공도 인정해 주셨으면 하옵니다. 양민은 적의 수급 하나를, 서얼은 둘을, 공사 노비는 셋 이상을 베어오면 과거에 합격한 것으로 간주해 주시옵소서."

"그리 하시오. 그리고 전국에 방을 붙여 이를 알리시오!"

늘 도망만 다니던 비겁한 선조가 뜻하지 않은 용단을 내린 덕분에 조선 팔도에는 의분이 활짝 피어올랐다. 봇짐을 메고 주인집을 떠난 노비들은 무술 실력을 보여주기 위해 관아로 몰려들었고, 그들의 손에는 피가 뚝뚝 떨어지는 왜적의 수급 한두 개가 들려 있었다. 승복을 입은 승려도 있었다. 하나의 과제를 해결한 류성룡은 《기효신서紀效新書》를 놓고 밤낮으로 병법을 공부하느라 시간 가는 줄 몰랐다. 그러나 양반과 지주의 불만은 용암처럼 밑바닥에서 들끓어 올랐다. 훗날 그것이 매서운 공격의 화살이 되리라고는 류성룡은 예측하지 못했다.

5.
나는 그저 한 명의
의병일 뿐

'이곳은 내가 있을 곳이 아니야.'

바람이 대나무 숲을 스치고 지나가는 소리를 들으며 곽재우는 우울함을 떨쳐내려 했다. 의병을 일으켜 여러 곳에서 공을 세운 그에게 선조는 종6품의 유곡幽谷 찰방察訪, 정5품의 형조정랑을 거쳐 정3품의 경상도 조방장助防將 벼슬을 내렸고, 1593년에는 성주 목사에 제수했다. 그러나 곽재우는 그런 벼슬자리가 마음에 와 닿지 않았다. 심대승沈大承이 머리를 이리저리 흔들다가 떨떠름하게 물었다.

"행님! 우리 아덜 중에 훈련도감 들어가겠다꼬 한성으로 가겠다는데, 우야면 좋십니까?"

"무관이 되고 싶어 의병이 된 자라면, 마음대로 하라고 해! 적과 싸우지도 않는 관군이 뭐가 좋다고!"

"그래 말입니다. 근데 언제까지 이래 성에만 처박혀 있어야 합니꺼. 마 진주성을 점령하고 있는 왜적들이 구례와 곡성까지 나와가 분탕질을 하고 있다 캅니다. 이러다 전라도가 왜적들한테 넘어가는 거 아입니까?"

"그렇다고 진주성 주변을 공격할 순 없어. 왜군들이 진주성에 병력을 집중해 놓고 있어서 말이야."

"와, 승질 같아서는 진주성을 확 받아삐면 좋겠구마."

"방법이 없는 게 아니다. 왜적 대군이 진주성으로 빠져나갔으니 상대적으로 이곳 경상우도는 허술해졌어."

"그렇긴 합니더."

"이 중에 한 곳을 쳐서 적을 박살내고 성을 무너트리면 전라도 쪽으로 깊이 들어가기 어려워져."

"맞십니다. 이곳을 방비 안하고 전라도를 차지할라 했다간 경상도를 잃게 될 낍니더. 몸도 근질근질한데, 당장 치는 게 어떻십니까?"

"좋아. 나는 도순찰사에 알릴 테니 너는 애들을 준비시켜라."

두 사람은 득달같이 경상도 관아로 김수金睟를 찾아갔다. 조정의 명을 따라야 하는 김수는 두말할 것도 없이 공격에 반대했다.

"명군의 허가 없이는 함부로 군사를 움직일 수 없소!"

심대승이 거칠게 항변했다.

"그라모 언제까지 이래 성에만 처박혀 있어야 합니꺼! 마 진주성을 점령한 왜적들이 구례와 곡성까지 나와가 분탕질을 하고 있다 안합니까! 이러다 전라도가 왜적들한테 넘어갑니데이!"

곽재우는 그런 심대승을 제지시키며 차분히 작전을 말했다.

"왜적 대군이 전라도 쪽으로 빠져나갔으니 상대적으로 이곳 경상우도는 허술해졌소이다. 이 중에 한 곳을 쳐서 적을 박살내면 전라도 진출이 어려워집니다."

하지만 김수는 그 말을 귀담아 들으려 하지 않았다.

"허허! 글쎄, 명군이 반대한다니까."

급기야 곽재우마저 벌컥 화를 냈다.

"명군, 명군, 명군! 언제까지 명군 타령만 할 겁니까! 진주성에서 조선군들이 참혹하게 학살되는 걸 강 건너 불구경한 명군들이요! 그들에게 무얼 바랄 수 있소?"

진주성 함락은 김수에게도 가슴 아픈 일이며, 그러한 비극이 다시 벌어져서는 안 되지만 명군 몰래 공격했다가 패퇴한 권율처럼 되고 싶지는 않았다.

"권율 장군도 명군의 도움 없이 진격했다가 패한 것을 모르시오?"

"우리가 권율 장군처럼 적의 대군을 치려는 게 아닙니다. 유격전으로 부산 인근에 주둔한 왜적을 끊임없이 교란시켜야 그 불안함에 왜적들이 전라도로 진격하지 못한단 말이오."

"우리에겐 단독으로 작전을 수행할 권한이 없소! 이건 상관으로서 내리는 명령이오. 이제 당신은 더 이상 의병장이 아니라 벼슬을 받은 내 부하임을 명심해야 하오."

곽재우는 이제 헛웃음이 나왔다. 애초에 의병을 일으킨 것은 나라를 구하고 백성들을 죽음으로부터 구하기 위해서였지 벼슬을 바란 것은 결코 아니었다.

"허허…… 한심들 합니다. 내 이래서 닭볏보다 못한 이 따위 관직을 아니 받으려 했던 것이오. 순찰사께서 아니 가시겠다면 더 이상 권하지 않겠소. 허나, 내 길을 막지는 마시오."

그날 밤 붉은 옷으로 갈아입은 곽재우는 의병들을 이끌고 왜군 축성장으로 은밀히 진격해 갔다. 휴전 협정이 맺어져 마음을 놓고 있던 왜적들은 천하태평이었다. 적진을 살피던 심대승이 눈짐작으로 적의 숫자를 헤아렸다.

"한 200여 명은 되는 듯합니다."

"좋아! 오랜만에 왜적들 피 맛 좀 보자."

품에서 비격진천뢰를 꺼내 불을 붙여 안으로 던졌다. 꽝, 소리가 나면서 성벽 너머가 번개라도 치듯 순간적으로 환해졌다가 어두워졌다. 비명소리가 성벽 너머까지 들려왔다.

"돌격하라!"

외침과 동시에 의병들이 성벽을 넘어 거세게 공격해 들어갔다.

홍의장군 곽재우가 포효하듯 소리쳤다.

"이놈들! 내가 바로 곽재우다."

왜적들이 짚단처럼 쓰러져 갈 때 그 사실을 까마득히 모르는 김수는 관아로 돌아와 서탁 위에 놓인 서찰 하나를 집어 들었다.

곽재우는 관직을 내려놓고 의병으로 돌아갑니다. 왜적과 싸워 물리치려 하지 않는 관군과 관직은 오히려 족쇄나 다름없으니, 나는 예전처럼 의병을 이끌고 적진 속으로 들어가 의병으로 싸우다 죽을 것입니다. 나는 의병장 곽재우요!

김수는 휴, 한숨을 내쉬었다. 곽재우에게 벼슬은 풀 한 포기에 불과했다. 자유자재로 들판과 산, 계곡, 마을을 넘나들며 왜적을 치게 내버려 두었다면 좋았을 것이런만 옴짝달싹 못하게 하는 벼슬을 내린 것이 선조의 실책이었다. 김수는 비록 한때 알력과 갈등이 심했지만 누구보다 나라를 사랑한 그가 영원한 의병장으로 남기를 바랐다.

6.
조선을 둘러싼 명의 음모

　북경에서부터 멀고 먼 길을 보름 넘게 걸어 이슥한 밤에 해주에 당도한 정철은 잠시 숨 돌릴 틈도 없이 행재소로 찾아가 선조를 알현했다. 큰절을 올리는 손과 다리가 저절로 부들부들 떨렸다.

　"전하의 명을 받잡고, 명에 입조하여 황상 폐하께 사은 표문을 전하고 돌아왔나이다."

　병색이 완연한 정철을 대하면서 선조는 애통의 마음이 들었으나 그보다 더 급한 것은 소임의 결과였다.

　"수고했소. 어찌 되었소?"

　"전하, 신을 죽여주시옵소서! 황상 폐하를 직접 알현해 조선의 실정을 아뢰지 못하고, 표문만 전하고 돌아왔사옵니다. 명 조정이 조선의 실정을 더욱 오해하게 됐으니, 그 죗값을 무엇으로 대신할 수 있겠습니까."

말이 끝나기도 전에 쿨럭, 기침과 함께 피를 토해 냈다. 황급히 손수건을 꺼내 닦아내는 모습을 보며 선조는 가슴이 저려왔다. 한 편으로는 어느 정도 예감하고 있었기에 실망은 크게 들지 않았다. 이제 이 노쇠한 대신을 어찌해야 할지 결정을 내려야 했다.

"몸이 많이 상했구려. 과인이 내의원을 보낼 터이니 어서 돌아가 몸 먼저 챙기시오."

"아니옵니다. 쓸모없는 이 늙은이가 더 살아 무엇 하겠사옵니까. 병이 깊고, 쓸모는 다 하였으니 이제 그만 전하 곁을 떠날까 합니다. 윤허해 주시옵소서."

마음속으로 바라던 말이었으나 곧바로 '그리 하시오' 하는 것은 임금으로서의 체통이 서지 않는 것이기에 그 반대로 일렀다.

"그 무슨 말이오? 그대만한 충신이 어디 있다고 과인을 떠난단 말이오! 아직 할 일이 많소. 어서 쾌차해 과인을 지켜주시오."

그때 강경한 목소리와 함께 한 대신이 성큼 들어섰다.

"아니 되옵니다. 죄인 정철에게 죄를 물으셔야 하옵니다."

유조인이 상소가 담긴 선반을 들고 들어왔다. 선조는 당황했으나 정철은 담담했다. 피가 배인 손수건을 꽉 움켜쥔 정철을 흘긋 보고는 유조인은 더욱 강경하게 아뢰었다.

"이 모두가 정철을 탄핵하는 대간들의 상소입니다! 명나라 조정이 조선 땅에서 왜적이 모두 물러갔다 잘못 알고 있다면, 목숨을 내던져서라도 이를 바로 고하여 알려야 할 일이옵니다. 나라의 존망이 걸린 이 중대한 사안을 바로 잡지 못하고 살아 돌아온 것은 사은사의 책무를 유기한 것이나 다름없습니다. 이는 결코 용서할 수 없는 중죄이니 삭탈관직 하시옵소서!"

정철은 자금성을 나서면서 이러한 일이 벌어지리라는 것은 예측하고 있었다. 그러기에 삭탈관직당하기 전에 스스로가 물러나겠다고 주청한 것이었다. 사직이든 삭탈관직이든 이제 미련을 두고 싶지 않았다.

"대간들의 상소가 틀리지 않습니다. 신의 죄를 용서치 마시옵소서. 물러가 벌을 기다리겠사옵니다."

며칠 후 정철은 뜻을 이루었다. 수십 년 동안 어깨를 짓눌러 왔던 모든 소임을 내려놓고 봇짐 하나만 지고 조정을 떠났다. 국난을 해결하지 못한 것은 평생의 한이 될 터이지만 이제 산야에 묻혀 평범한 늙은이로서 그토록 원하던 시를 지으며 여생을 보낼 생각을 하니 발걸음이 무겁지만은 않았다. 몇몇 대신들의 배웅을 받으며 정철은 홀가분하게 관동으로 떠났다.

휘어진 소나무 아래의 정자에서 세 남자가 오붓하게 차를 마시고 있었다. 시끄럽게 울어대는 매미 소리를 들으며 광해는 이 전쟁이 끝나면 저 매미 소리는 아름답게 들릴 것이라 생각했다. 송응창이 차를 홀짝 들이켜고는 호기롭게 입을 열었다.

"저하와 세상사 이야기를 나누고 싶어 이렇게 자리를 마련했습니다."

"……."

광해는 말없이 찻잔을 들었다. 임금의 미움을 받고 있는 세자로서 그 무슨 행동을 하든 구설수에 오를 것은 분명했다. 그것을 최소화하는 최선의 방법은 아무런 말도 하지 않는 것이었다. 그 마음을 아는 듯 모르는 듯 송응창은 여전히 입을 떠벌렸다.

"저하에 대한 백성들의 칭송이 자자하더이다. 분조分朝를 이끌고 전세를 역전시키는데 참으로 큰 역할을 하셨더군요."

"응당 해야 할 일을 한 것뿐입니다."

"세자께서 계속 조정을 이끌었다면 우리 명군이 오지 않아도 이 전란을 극복할 수 있지 않았을까 하는 생각도 듭니다. 도대체 왜 분조를 폐지했는지 이해할 수 없어요."

광해는 마음에 없는 말을 인사치레로 던졌다.

"한성이 수복됐으니 조정을 하나로 합치는 게 당연하지요. 분조는 임시방편이었을 뿐입니다."

송응창은 비죽이 웃음을 지은 후 갑자기 말을 돌렸다.

"남해안에 왜군이 성을 쌓고 있다는 소식은 들으셨지요?"

"알다 뿐입니까. 대인이 명 조정에 왜군이 본국으로 물러갔다 거짓으로 보고하게 한 것도 알고 있습니다."

"흐흐. 그건 그렇다 해도…… 얼마 전에 진주성이 함락당해서 하삼도下三道가 불안하기 그지없습니다. 그런데도 전하께선 한성에 거처할 행궁行宮을 손본다면서 도성으로 들어갈 생각도 하지 않고 계시니, 참으로 걱정입니다."

"……"

대답하지 않는 것은 임금의 행위에 대해 왈가왈부하지 않겠다는 뜻이었다. 역시나 그걸 아는 듯 모르는 듯 이번에는 심유경이 갑자기 목소리를 낮춰 은밀히 속삭였다.

"솔직히 말씀드리자면 우리는 전하에 대한 신뢰가 별로 없습니다. 저하가 다시 한 번 분조를 이끌고 남쪽으로 내려가 하삼도를 다스리면 어떻겠습니까?"

광해는 깜짝 놀라 찻잔을 떨어뜨릴 뻔했다. 그 모습을 보며 송응창과 심유경은 음흉한 미소를 지었다. 분명 마음속에 그러한 야망이 있다고 지레짐작했기 때문이었다. 광해가 아무런 대답을 하지 않았음에도 그러려니 여긴 송응창은 곧바로 선조를 찾아갔다. 마침 편전에 윤두수와 이덕형, 이항복도 있었다. 선조는 무조건 그가 반가웠다.

"어서 오시오, 대인. 왜적의 항복 사신은 북경에 당도했습니까?"

"도착하면 제게 연통이 올 것입니다. 그보다…… 지금 왜적이 남해안으로 물러가긴 했지만 노략질을 멈추지 않아 민심이 매우 불안합니다."

선조의 얼굴에 금세 그늘이 졌다.

"알고 있습니다. 그래서 내 왜적을 치자고 했던 거 아닙니까? 지금이라도 당장 왜적을 칩시다!"

"적의 대군이 모여 있어서 공격하기 쉽지 않습니다. 자칫 잘못했다간 왜적이 북상할 수 있습니다. 황상의 명이 올 때까지 기다려 보시지요. 해서 제가 생각을 해보았는데 다시 분조를 만들어 세자가 하삼도로 내려가 민심을 다독이고 왜적의 노략질을 막는 게 어떻겠습니까?"

분조라는 말이 나오자 대신들은 당황하고 선조는 순간적으로 주먹을 꽉 움켜쥐었다. 윤두수가 격앙된 목소리로 반대했다.

"그게 무슨 소리요? 또다시 조정을 나누라니! 이미 조정이 하나가 되어 곧 환도를 하려는데, 있을 수 없는 일이오."

이덕형은 분노나 경악과는 관계없이 그 생각이 터무니없다고 여겼다.

"지난번의 분조는 부득이한 일이었소. 대조大朝를 보호하고, 관

62

군과 의병의 항전을 독려하기 위해 분조를 단행했던 것인데, 지금은 왜적이 남쪽으로 물러난 상황 아니오. 당치 않은 말씀이오."

하지만 송응창은 만만치 않았다. 대신 한둘이 반대한다 해서 물러날 것 같으면 애당초 의견조차 꺼내지 않았을 것이었다.

"작금의 상황 또한 분조가 필요하오. 전하께선 지금 줄곧 북쪽에 머물러 계시고, 불안한 하삼도를 살피기는커녕, 머물 곳이 없어 한성으로 환도도 못하고 계시는 실정이오. 이런 상황에 분조가 필요하지 않으면 언제 필요하단 말이오. 전하, 분조를 시행하시옵소서."

이항복이 발끈했다. 분조 설치 여부를 떠나 다른 나라의 조정에게 이래라 저래라 하는 것은 참을 수 없는 모욕이었다.

"이건 내정 간섭이외다. 대인은 군사적으로 이 나라를 도우러 온 것이거늘 어찌 국사에 간섭하려 하시오!"

"이보시오. 전시 상황에 군무와 국사가 어찌 따로 있을 수 있단 말이오. 그리고 비상시국에는 그 어떤 국사에 앞서 군무가 앞서는 일! 하삼도의 민심을 안정시키고 왜적을 방비하는 것 또한 군무의 연장이외다. 세자에게 선위를 하시라는 게 아니라 잠시 하삼도를 맡기라는 것이오."

선조는 가만히 듣기만 했다. 왜적을 물리치기 위해 분조를 설치하는 것은 나쁘지 않았다. 하지만 그 책임자가 광해라는 것이 싫을 뿐이었다. 대신들과 송응창은 문득 격론을 멈추고는 선조를 빤히 바라보았다. 묵묵히 앉아 있는 선조의 표정에서 송응창은 '침묵은 찬성'이라 여겼고, 대신들은 '침묵은 반대'라 생각했지만 선조는 끝내 입을 열지 않았다.

이덕형의 집무실로 찾아온 낙상지騭尙志는 분조라는 단어를 듣자마자 얼굴을 찌푸렸다.

"그런 일이 있었습니까? 경략대인이 조선의 국사에까지 관여하시다니, 좀 지나친 듯합니다."

옆에 있던 이항복이 벌컥 화를 냈다.

"좀 지나친 게 아니지요. 이건 있을 수 없는 내정 간섭입니다!"

이덕형은 이제 그 문제는 거론할 필요조차 없다는 냉소를 짓더니 낙상지에게 부드럽게 당부했다.

"낙 참장, 우릴 좀 도와주시오. 왜적이 본토로 물러갔다고 명 조정에 거짓으로 고한 것을 낙 참장이 황상께 알려주시면 안 되겠소?"

아무리 조선에 호의적이라 해도 그 일은 낙상지에게 벅찬 과제였다.

"그, 그건……."

"송 경략이 물러나지 않으면, 우리 조선은 왜적과 강화를 맺을 수밖에 없게 됩니다. 지금 그 뜻을 따르지 않기 때문에 우리 주상을 겁박하는 것이고요."

"그건 압니다만, 지금 저도 몹시 조심스러운 처집니다. 우리 내

부에서 누군가 조선의 훈련도감을 돕고 있다며 이를 찾아내라는 명이 내려졌습니다. 설령 제가 돕는다 해도 황상을 알현하기가 어렵습니다. 국사를 돌보지 않는 황상을 대신해서 상서들과 환관들이 상소를 보고 처리하는데, 송 경략의 세력들이 황상께 이를 알리겠습니까?"

이덕형과 이항복은 한숨만 토해냈다. 대국의 황제로서 국사를 돌보지 않는 만력제가 이해되지 않을 뿐이었다. 그럼에도 나라가 그럭저럭 돌아간다는 사실은 더더욱 이해되지 않았다. 그 이해되지 않음이 심유경에게는 좋은 현상이었다. 황상이 국사를 꼼꼼히 돌보지 않기에 자신들 마음대로 국정을 농단할 수 있었다. 하지만 조선 왕은 그렇지 않다는 것이 걸림돌이었다.

"조선 왕이 분조를 받아들일까요?"

송응창은 자신이 있었다.

"둘 중에 하나는 해야지, 강화를 하든, 분조를 하든……. 조선 혼자의 힘으로는 왜적을 물리칠 수 없기 때문에 우리 명에게 의지할 수밖에 없네."

"그건 그렇지만 시일을 끌 수도 있습니다. 압박을 더 강하게 하면 좋을 텐데."

"걱정 마. 다 손을 써놨어. 곧 황상의 명이 내려올 거야."

심유경은 속으로 깜짝 놀랐지만 내색하지 않고 물었다.

"하삼도를 세자에게 맡기라는 황상의 명이 당도할 것이라고요?"

"그래, 내가 조선 왕의 무능력함을 이미 조정에 고했어. 조선 왕이 이 나라를 제대로 통치하지 못해, 요동을 포함해 우리 명나라까지 위험하게 만들었다고 말이야."

심유경이 무릎을 딱, 쳤다.

"아! 정말 대인의 계책은 치밀하기 이를 데 없습니다. 황상의 명까지 오면 조선 왕은 빠져나갈 구멍이 없습니다. 그 전에 광해를 우리 편으로 확실하게 만드는 것이 좋지 않겠습니까?"

두 사람은 음흉한 눈빛을 주고받은 뒤 그날 밤에 광해의 처소로 찾아갔다. 떨떠름하면서도 은근한 기대를 안고 두 사람을 맞는 광해에게 송응창은 단도직입적으로 말했다.

"우린 저하께서 조선의 왕이 되었으면 좋겠습니다."

너무 급작스러운 말에 광해는 깜짝 놀랐다.

"이, 이보시오 대인. 정녕 이 사람을 죽이려고 하는 것이오!"

심유경이 그런 광해를 안심시켰다.

"저하, 대인의 마음은 진심입니다. 그 뜻을 왜곡하지 마십시오. 우리는 조선이 무사하고 평안하기만 바랄 뿐입니다. 그러기 위해선 지금의 왕보다 저하께서 나라를 이끌면 더 나을 것이라 판단한 것이고요. 해서 먼저 하삼도를 다스렸으면 하는 겁니다."

"나는 적자도 아니고 장자도 아닙니다. 이 전란 때문에 임시로 세자가 된 것뿐입니다. 주상 전하가 보위를 물려주기 위해 세운 세자가 아니란 말입니다."

말은 그렇게 하면서도 속마음은 그렇지 않다는 것을 진즉부터 간파하고 있는 송응창이 쐐기를 박았다.

"하지만 지금의 왕에겐 적자도 없고, 장자인 임해군臨海君은 성품이 포악해 이미 자격 미달이라는 것도 압니다. 정녕 저하께서는 스스로 왕이 될 자격이 없다 여기시는 겁니까?"

"……."

7.
눈엣가시인
두 사람

밤이 이슥해서야 두 사람이 돌아가자 광해는 깊은 고민에 잠겼다. 누구인들 왕이 되고 싶지 않을까마는 행여 그 속내를 살짝이라도 밝혔다간 비열하고 냉정하기 그지없는 선조에게 언제 목숨을 잃을지 알 수 없었다. 밖으로 나가 달빛을 받으며 누각을 서성일 때 저만치에서 느릿한 발걸음 소리가 들렸다.

"무얼 그리 생각하고 있느냐?"

광해는 황급히 몸을 돌려 단지 밤바람을 쐬고 있을 뿐이라는 표정으로 선조를 향해 머리를 조아렸다.

"답답해 잠시 바람을 쐬었습니다."

"답답하다? 송응창이 너를 그리 총애하는데, 답답할 게 뭐가 있느냐."

광해는 흠칫했지만 표정은 변하지 않았다. 선조가 이죽거렸다.

"들었겠지. 송응창이 너에게 분조를 맡겨 하삼도로 내려보내라 했다. 어떠냐? 마음이 있느냐?"

"신은 오직 전하의 명을 따를 뿐입니다."

"난 너의 뜻을 물었다."

"신이 뜻 같은 것이 어디 있겠습니까? 신은 전하의 수족일 뿐입니다."

"그래? 만일 황명과 나의 명이 다르다면, 그래도 나의 뜻을 따르겠느냐?"

"……."

"어찌 대답이 없느냐?"

울컥 치미는 울분과 답답함을 누르며 광해는 공손히 대답했다.

"전하, 신이 행여 다른 마음을 품을까 걱정스러우십니까? 심려 마시옵소서. 신은 오직 전하의 옥체에서 나오는 말씀만을 따르겠 사옵니다."

선조가 차갑게 그 말을 받았다.

"네 말 기억하마."

겁박을 주기는 했지만 선조는 과연 광해가 어떤 꿍꿍이를 가지고 있는지 가늠하기 어려웠다. 자신이 낳은 아들임에도 그 깊은 속 내를 알 수 없는 것은 인간으로서 어쩔 수 없다 여겼다.

그러나 귀인 김씨는 광해를 간파하고 있었다. 선조가 광해의 속 내를 떠본 다음 날 행재소 후궁을 거닐며 선조에게 나지막이 속삭 였다.

"세자는 분조를 이끌고 하삼도로 내려갈 마음이 있습니다. 지난 번 송응창과의 연회 자리에서도 부지불식간에 튀어나온 얘기지만, 그런 마음을 내비친 적도 있습니다."

선조는 어쩌면 그러리라 생각했다.

"그러고도 남을 세자야. 한데, 이제 송응창까지 세자에게 힘을 실어주는 마당에 귀인은 어찌 그걸 내게 알려주는 것이오?"

"신첩에겐 오직 전하뿐이옵니다. 세자와 가까이 지내려는 것도 다 세자를 살피기 위함입니다. 신첩을 이리 오해하시니 차라리 저 를 죽여주시옵소서."

"귀인은 내가 이 나라의 왕이 아니었어도 나만을 따른다 말할 수 있겠소?"

"그 무슨 말씀이옵니까?"

"선위를 하려 하오. 이번에는 신하들의 마음을 떠보기 위함이 아니오. 진심이오."

"아니 되옵니다. 전하는 이제 불혹을 넘으셨을 뿐입니다. 어찌 그 같은 말씀을 하시옵니까!"

"송응창이 저리 나오는데 내가 무슨 힘이 있겠소. 차라리 세자에게 모든 걸 맡기는 게 낫소."

"전하! 그것은 절대 아니되옵니다."

어느새 다가온 류성룡이 강경하게 아뢰었다.

"지금 선위를 하시면 이 나라 조정과 민심은 또다시 요동치게 됩니다. 전하께서 책임을 지고 이 전란을 끝내셔야 합니다!"

선조는 자신이 임금임에도 당황해서 대답했다.

"나도 그러고 싶소만 시절이 허락지 않는구려."

"방도가 있습니다."

그렇게 대답만 하고 류성룡은 윤두수를 불러 함께 송응창을 찾아가 부드럽게 당부했다.

"대인께서 하삼도를 심려하는 마음, 너무도 잘 알고 있습니다. 허나, 지금은 세자 저하를 하삼도로 보낼 처지가 못 됩니다."

오히려 송응창은 조용한 반면 심유경이 발끈했다. 조선에 조금이라도 부당한 사안이면 결사반대하는 류성룡이 한없이 미웠음에도 그 학식과 공평무사, 냉철한 판단은 인정하지 않을 수 없었다. 만일 류성룡이 명나라의 대신이었다면 만력제가 저런 암군이 되지 않았을 것이라는 생각이 들었다. 그럼에도 류성룡이 눈엣가시인 것은 사실이었다.

"그게 무슨 소리요? 처지가 못 되다니?"

아무런 대답없이 류성룡은 품에서 서찰을 꺼내 송응창에게 건넸다.

내가 원기가 약해져 몸을 가누기조차 힘듭니다. 경략께서는 이런 처지를 헤아려 이 사람에게 분조를 이끌고 하삼도로 내려가라는 뜻을 거두어 주시기 바라오.

송응창은 어이가 없었다. 며칠 전만 해도 건강했던 사람이 갑자기 몸이 아프다니! 연극치고는 어설픈 연극이었다. 서찰을 와락 쥐고는 류성룡을 노려보았다.

"내 보기엔 세자가 엊그제까지 아주 강건해 보이던데 어쩌다 갑자기 몸의 원기가 사라졌을까요? 참으로 급작스럽습니다."

류성룡은 태연하게 대답했다.

"사람 일이라는 것이 어찌 한치 앞을 내다볼 수 있겠습니까. 아무튼 세자 저하를 하삼도로 내려 보내는 일은 당분간 논의하기 어렵겠습니다."

"허참! 알면서도 속아야 한단 말인가. 정히 그렇게 나온다면 하삼도 분조는 다시 논하지 않겠소. 하지만 내가 그리 호락호락한 사람이 아니라는 것은 명심하기 바라오."

머리를 쥐어짜 만들어낸 하삼도 분조안이 묵살되자 송응창은 기분이 몹시 상했다. 더 이상 조선을 도와주고 싶은 마음도 없었고 스스로가 한 말처럼 호락호락한 사람이 아니라는 것을 입증하기 위해 곧바로 한성으로 내려가 이여송李如松을 만났다. 이여송은 자신보다 직위가 높은 송응창이 한성에 온 것이 못마땅했다.

"한성까진 어인 일이십니까?"

"요동으로 철군할 준비를 하시오."

"갑작스레 철군이라니? 조선 왕은 철군을 받아들였습니까?"

"내가 철군하겠다는데, 조선 왕이 무슨 상관이야!"

심유경이 거들었다.

"조선 왕이 우리 말을 안 들으니, 철군하겠다는 것입니다. 아마 몹시 당황해서 발목을 붙잡으려 애걸복걸할 겁니다."

이여송은 그제야 고개를 끄덕였다.

"아…… 그렇겠군요. 한데, 우리가 철군하면 왜적이 다시 북상할지도 모릅니다."

그 걱정은 하지 않아도 될 것이기에 송응창은 시큰둥하게 응대했다.

"그건 걱정 마오. 애초에 왜적들이 남쪽으로 내려가면 우리도 군사를 요동으로 물리기로 약조했던 사항이오."

"서로 공격하지 않는다면야 참으로 잘된 일이지요. 철군한다고

하면 우리 군사들이 참으로 반길 것입니다.”

“그래도 만약을 대비해서 전군 철수는 할 수 없으니 어느 정도의 군사는 남겨둬.”

머릿속으로 어떤 장수를 남게 할까 더듬어갈 때 부장이 들어왔다.

“장군, 삼도 수군통제사 이순신의 서찰입니다.”

서찰을 펼쳐 본 이여송의 이맛살이 찌푸려졌다.

“이순신이 말하길, 지금 적들이 남쪽에서 바다로 나오지 않고 축성을 하며 웅거하고 있는 터라, 수군이 육지로 들어가 싸우기 매우 힘들다 합니다. 해서 우리 명군이 육지에서 공격하고 왜적들이 바다로 물러나면 이순신이 왜적을 모두 섬멸하겠다 합니다. 그리고 우리 명군이 왜적과 강화를 한다면 천자의 군사라 할 수 없다 합니다.”

송응창은 어이가 없었다. 선조는 말을 듣지 않고, 광해는 음흉하고, 류성룡은 강경한 터에 일개 수군 장수가 이래라 저래라 하는 것은 도저히 용납되지 않았다.

“이자가 미쳤구만. 내가 싸우지 말라 했던 명을 못 들었단 말인가!”

이때다 싶어 심유경이 끼어들었다. 이순신이 뛰어난 장수인 것은 분명하지만 류성룡 못지않은 눈엣가시인 것도 사실이었다. 두 사람이 없어져야만 조선을 마음대로 요리할 수 있었다.

“이순신은 매우 위험한 인물입니다. 만일 이순신이 바다에서 단

74

독으로 왜적을 공격한다면 강화는 물거품이 됩니다. 그리고 이순신은 류성룡과는 둘도 없이 가까운 사입니다."

그 말이 맞은지라 송응창이 간단히 해결책을 내놓았다.

"이 골칫거리를 꼼짝 못하게 눌러놓아야 해. 자네가 한산도로 내려가서 이순신의 기를 꺾어놓고 오게."

한산도 앞바다에 바람이 불 때마다 해변가 버드나무의 가녀린 줄기가 우수수 흔들렸다. 이순신은 철썩이는 파도 소리를 들으며 왜군 깃발이 꽂혀 있는 지도를 바라보았다. 이 깃발들이 언제쯤 모두 사라질 지 알 수 없어 한숨이 절로 나왔다. 이여송에게 서찰을 보냈으나 답이 없을 것을 짐작한 권준權俊이 의견을 내놓았다.

"강화를 진행하는 명군이 육로를 통해 왜적을 치지 않을 것입니다. 어렵기는 하나 우리가 해안에서 포를 쏴 지원하고 관군과 의병에게 적을 치게 하는 건 어떻습니까?"

좋은 방법이기는 해도 성사되기는 어려울 것이었다.

"적은 대군일세. 지금 우리 조선군으로 한두 고을을 칠 수는 있겠지만, 남해안 전반에 걸쳐 있는 왜적들을 물리치기란 어려운 일이네, 반드시 명의 대군이 움직여줘야 해."

그런 일이 없으리라는 것을 잘 아는 권준과 송희립이 고개를 저을 때 휘장을 젖히며 부장이 들어왔다.

"명나라 관원이 왔습니다."

송희립이 눈을 둥그렇게 뜨고 고개를 갸웃했다. 이 외진 곳까지 명나라 관원이 오는 것은 흔치 않는 일이었다.

"무슨 좋은 소식이 있는 것 아닐까?"

기대를 안고 밖으로 나갔으나 수행원들을 거느린 거만한 명 관원을 보자 예감이 틀렸구나 싶어 얼굴이 절로 찌푸려졌다. 그럼에도 이순신은 예의를 갖추었다.

"어서 오십시오. 삼도 수군통제사 이순신입니다."

"나는 명군의 유격장군 심유경이라 하오."

"대인의 위명은 익히 들어 알고 있습니다. 먼 길 오시느라 고생 많으셨습니다. 한데 어인 일로?"

"장군이 보낸 서찰을 보고 왔소이다. 이곳이 조선 수군의 본영 아니오? 왜적과 가장 가까운 위치에 있으니 송응창 경략께서 군비를 철저히 점검하라 보냈소이다."

"혹 우리 수군의 군비가 철저하다면 명군이 육로로 왜적을 공격할 수도 있다는 뜻입니까?"

"당연하오! 누누이 말했지만, 왜적과의 강화는 적을 물리치기 위한 하나의 계책일 뿐이오."

그 말의 진위 여부는 알 수 없으나 이순신은 조선 수군의 강성함을 보여주어 공격의 기회를 갖기 위해 심유경을 훈련장으로 데

리고 갔다. 수군들의 정예함과 일사분란함은 말할 것도 없고 정철
총통의 위력, 열심히 비축한 군량미까지 낱낱이 보여주었다. 속내
야 알 수 없지만 겉으로는 흡족한 체하는 심유경을 보며 '강화는
하나의 계책'이라는 말이 진심이기를 바랐다. 훈련장과 무기고, 군
량미 창고를 모두 시찰케 하고 막사로 돌아와 공격 허락을 받아낼
마음으로 이순신은 지도 앞에서 세세히 설명을 했다.

"정탐에 의하면 이곳 웅포에 크고 작은 배 200여 척, 안골포에
100여 척, 원포에 80여 척 등 수많은 배들이 정박해 있습니다. 이들
이 육지에서 공격을 받고 바다로 나오면 우리 수군이 한 척도 남김
없이……."

심유경은 하품을 하면서 오른손을 번쩍 들어 손사래를 쳤다.

"설명은 그만 해도 알겠소. 준비가 아주 철저하구려. 정말 놀랐
소이다. 특히 군량미 준비는 정말 대단하오!"

"그리 넉넉지는 않습니다. 둔전을 일구며 열심히 비축해 놓았지만
다른 군영을 돕고, 조정에도 보내는 터라 많이 부족한 실정입니다."

"그래요? 그렇게 다른 군영까지 도우면서, 군량이 없어 배를 곯
고 있는 우리 명군에게는 어찌 보내지 않는 것이오!"

이순신은 잠시 망연해졌다. 그 말의 뜻을 파악하기도 전에 권준
이 나섰다.

"그게 무슨 말씀입니까? 우리가 명군에게 가장 많은 군량미를

보냈습니다."

심유경은 '이것 보게'라는 눈길로 권준을 쏘아보았다. 대명의
사신에게 항변을 하다니!

"듣기 싫소. 더 이상 변명 늘어놓지 말고 이곳에 있는 군량미를
당장 이여송 장군에게 보내시오!"

호통에도 아랑곳하지 않고 송희립도 항변했다.

"그럼 우리 군사들은 무얼 먹고 싸우라는 겁니까?"

"왜적과 싸우는 주력은 우리 명군이요! 명군이 있지 않고, 어찌
조선 수군이 존재할 수 있단 말이오! 이는 조명연합군 총지휘관인
송응창 경략의 패문이오. 군령을 따르시오!"

급기야 이순신이 벌컥했다.

"유격장군! 지금 군비 점검이 아니라 우리 수영을 마비시키러
온 것입니까!"

심유경이 의자에서 벌떡 일어섰다.

"그 무슨 궤변이오! 우리 명군은 5만에 가까운 대군이오. 군량
미가 가장 많이, 가장 우선적으로 필요한 군영이란 말이오. 그대들
의 사정을 감안해서 내 양보하겠소. 군량미의 7할을 보내시오."

모두 어이가 없어 입을 딱 벌렸다. 그 어이없음은 한산도에만
그치지 않았다. 행재소의 선조 역시 벌린 입을 다물 줄 몰랐다.

"처, 철군이라니! 대체 그게 무슨 소리요."

송응창은 얄밉게 빙글거리며 느리게 주절거렸다.

"말씀드린 그대롭니다. 명군을 데리고 요동으로 물러가려 합니다. 이여송 장군에게도 이미 명을 내렸습니다."

"아직 왜적이 이 땅에 남아 있는데, 철군이라니! 있을 수 없는 일이오. 황명이 있었소이까?"

"우리 명군은 황명에 대한 소임을 다했습니다. 왜국 사신이 황상께 항표를 바치러 갔으니 곧 조선에서 전쟁이 끝났다는 것을 의미하는 것입니다."

윤두수는 머리가 어질어질했다. 누구보다 왜적을 몰살시켜야 한다고 주장하던 터였기에 철군은 치명타였다.

"아직 항표에 대한 답이 없었는데, 어찌 대인 마음대로 결정할 수 있단 말이오."

"마음대로들 생각하시오. 아무튼 우리는 철군할 것이오."

이미 틀렸음을 직감한 윤두수는 이제 강경한 어조로 선조에게 주청했다.

"명군이 철군하겠다면, 철군하라 하시옵소서! 어차피 이 땅에 주둔하면서 왜적과 싸우지 않고 군량미만 축내고 있습니다. 그리고 이미 기세가 꺾인 왜적이기에 우리 관군으로도 능히 물리칠 수 있습니다."

당황한 선조가 화급히 그 말을 막았다.

"아니오, 아직은 아니오. 아직은 우리 힘만으로는 안 된단 말이오!"

그럼에도 윤두수는 강경했다.

"전하! 할 수 있습니다."

침묵을 지키던 류성룡이 오랜만에 선조의 편을 들고 나섰다. 누구의 편을 드는 것이 아니라 전쟁은 의분만으로 치를 수 없다는 것을 그간의 경험으로 잘 알기 때문이었다.

"결기만으로 되는 일이 아닙니다. 현실을 보셔야지요."

윤두수는 이제 화살을 류성룡에게 돌렸다. 언제까지나 명군에 기대야 하는 현실이 그에게는 안타까울 뿐이었다.

"현실, 잘 압니다! 명군이 군량미를 축내며 왜적과 싸우지 않으려 하는 것이 바로 현실입니다."

대신들의 논란을 지켜보던 송응창이 더 이상 방관할 수 없어 단호히 결론을 내렸다.

"그만들 두시오. 누가 뭐라 하든 명군은 철수하겠소. 대신 일부 군사를 조선에 남겨 주둔시키겠소. 1만 정도만 남겨두어도 왜적이 쉽사리 공격하지 못할 것이오."

순간 침묵이 맴돌았다. 조선의 왕과 대신들이 아무리 떠들어대도 결론을 맺을 수 있는 사람은 오직 송응창 한 사람이라는 현실을 그들은 잊고 있었던 것이다. 송응창은 더 이상 대신들의 말을 듣지 않겠다는 표정으로 뒤에 늘어선 장수들을 둘러보며 물었다.

"누가 이곳에 남겠느냐?"

고향으로 돌아가고 싶은 마음이 간절한지라 아무도 나서지 않았다. 잠시의 침묵 끝에 뒤편에서 한 장수가 큰소리로 외쳤다.

"장군, 제가 남겠습니다."

그를 보는 순간 류성룡과 이원익은 안도의 숨을 내쉬었다. 훈련도감의 병사들을 훈련시키는 데 큰 역할을 하는 낙상지가 자청했기 때문이었다. 이여송이 빙긋 웃으며 낙상지를 칭찬했다.

"오, 낙 참장이. 평양성에서도 큰 공을 세우더니. 좋아!"

"대신 용서를 구할 일이 있습니다."

뜬금없는 말을 하면서 낙상지는 송응창 앞으로 나서 무릎을 꿇었다.

"조선의 훈련도감 설치를 돕고, 기효신서에 나온 진법과 무예를 전수한 자가 바로 접니다."

또 다른 침묵이 맴돌았고 이원익은 침을 꿀꺽 삼켰다. 굳이 이 자리에서 그 사실을 실토할 필요는 없을 텐데 하는 마음에 가슴이 조마조마했다. 그러나 이여송은 호탕하게 웃었다.

"하하하! 대장부구나. 낙 참장이야말로 진정한 대장부야. 누가 이렇게 목숨 걸고 자신의 잘못을 토설할 수 있겠는가. 그리고 왜적들을 도운 것도 아니고 조선의 자강을 위해 도운 것이니 죄라 할 수도 없어! 자넨 여기 남아서 조선의 군사 육성을 돕도록 하게."

그날 선조는 하나를 잃고, 하나를 얻었다. 명의 주력부대가 철수하는 것은 침통한 일이었으나 훈련도감을 본격화시킬 장수를 얻은 것은 작은 수확이었다. 그러나 그것이 전세를 뒤집고 나라를 강하게 만들 충분조건은 아니었다.

며칠 후인 1593년 8월, 이여송과 송응창은 3만 명이 넘는 병사들을 이끌고 해주를 떠나 북으로 향했다. 그들을 보내는 선조와 대신들은 마음에 구멍이 뻥 뚫리는 것 같았다. 하지만 그렇게 미적거릴 수는 없었다.

"전하, 이제 행궁을 파하고 도성으로 거처를 옮기셔야 합니다."

썩 내키지는 않았으나 선조는 대신들과 조정 전체를 이끌고 계사년(1593) 10월에 한성으로 돌아왔다. 10월 초하루 아침 벽제를 출발하여 미륵원彌勒院에서 점심을 먹고 저녁에 정릉의 행궁으로 들어갔으니 도성을 버리고 떠난 지 1년 반 만의 일이었다.

한성은 폐허가 되어 있었다. 경복궁은 불에 탔고 길거리엔 여전히 시체가 나뒹굴고 백성들은 기근과 전염병으로 쓰러져 갔으며, 민심은 싸늘하기 그지없었다. 선조와 대신 앞에 놓인 그 많은 숙제는 하루 이틀 만에 해결될 것들이 아니었다. 게다가 남해안 서생포와 진해, 기장에 주둔한 왜적은 장기전에 대비해 성을 대대적으로 축조했다. 내정 불안에 겹쳐 왜적의 주둔은 최대의 골칫거리였다.

8.
또 한 번의
선위 소동

명군이 철수하고 두어 달 후 사신 사헌司憲이 한성에 당도했다. 환도 후 영의정에 오른 류성룡은 이덕형과 함께 궁 앞까지 마중을 나갔다. 이덕형이 공손하게 예를 갖추었다.

"어서 오십시오. 접반사 이덕형입니다."

사헌은 거만하게 자신의 이름만 간략히 밝혔다.

"사헌이오."

명나라 사신의 거만함이 이미 몸에 밴 류성룡이었기에 그리 신경 쓰지 않으면서 혹 송응창도 오지 않았나 싶어 물었다.

"송응창 경략은 함께 오지 않았습니까?"

사헌은 그 말이 매우 기분 나쁘다는 투로 답했다.

"나는 황상의 칙서를 받들고 온 예부禮部 사람이오. 군무를 보는 병부兵部의 송응창과 논의할 게 뭐가 있다고 동행하겠소. 송응창과 심유경은 지금 함경도에 머물러 있소. 그게 중요한 게 아니라……이곳까지 오면서 좀 살펴보았는데, 나라 꼴이 참으로 한심하오."

사헌은 또 한 번 거만하게 헛기침을 하며 성큼 안으로 들어갔다. 그 방자한 뒷모습을 보며 류성룡은 한숨을 내쉬었지만 그것이 현실임을 받아들여야 했다. 선조도 마찬가지였다. 그 누구이든 명 사신에게는 저자세를 취할 수밖에 없는 처지가 서글펐다. 그럼에도 만면에 억지로 환한 웃음을 지으며 다정하게 위로했다.

"먼 길 오느라 참으로 노고가 많으셨소. 그래. 황상께서 무어라 비답을 내리셨습니까? 왜적의 항복을 받지 않고 모조리 박살내라 하시지 않았소?"

"황상께선 왜국 사신은 아직 만나지 않았습니다. 요동에 대기 중이지요. 대신 황상의 칙서를 가지고 왔습니다."

차갑게 답하고는 둘둘 말린 비단 두루마리 국서를 윤두수에게 내밀었다.

"좌상이 직접 읽어보시오."

윤두수는 국서를 공손히 받아 조심스레 펼쳐 빠르게 훑어보았다. 그 눈이 순간적으로 커졌다가 일그러졌다가 당혹감이 서리는 것을 누구라도 놓치지 않았다. 류성룡은 '틀렸구나' 싶어 실망감이 엄습했고, 선조는 엉덩이를 들썩거렸다.

"왜 그러시오? 어서 읽어보시오."

윤두수는 어찌할 바를 모르고 눈을 질끈 감았다가 뜨고는 또박 또박 칙서를 읽었다.

왜적들이 모두 물러갔다 하지만 조선이 제대로 왜적을 막지 못하여 우 리 명에 걱정을 끼쳤으니, 조선 왕의 죄가 실로 적다 아니할 수 없다. 이에 짐은 광해군에게 조선의 병조, 공조, 호조를 총괄시키고 군사 훈련을 시키 게 하라 명하노라. 또한 조선을 둘로 나누어 광해군에게 하삼도를 다스리 게 하라. 추후, 왜적이 다시 침범하지 못하도록 방비하는 것을 보아 그 자 에게 나라를 맡겨 우리 명나라의 울타리가 되게 하라.

만력제의 칙서를 다 읽은 윤두수가 힘없이 팔을 떨구고는 천장 을 올려보았다. 그 누구와도 시선을 마주치고 싶지 않아서였다. 류 성룡은 실망을 넘어 비참함이 들었고, 늘어선 대신들은 헛기침조차 하지 못했다. 선조는 넋이 나간 듯 왕의 체통도 잊고 중얼거렸다.

"서, 설마 이게 황상의 칙서란 말인가?"

류성룡은 제정신을 차리고는 만력제의 칙서 중 '조선을 둘로 나 누어'라는 대목을 따지고 들었다.

"나라를 나누어 다스리라니 이건 말도 안 되는 칙서입니다."

사헌이 매섭게 쏘아보았다.

"지금 황상의 칙서가 말도 안 되는 것이라 했소? 어찌 한 달도 안 되어 도성을 잃고 북쪽으로 도망갈 수 있단 말이오! 하마터면 왜적이 요동까지 침범하여 본토를 위협할 뻔하지 않았소."

이항복이 반박했다.

"허나 대인, 지금은 한성을 회복했지 않습니까?"

그 반박은 호통에 묻히고 말았다.

"그대들이 회복했소? 황상께서 천군을 보내주어 회복한 게 아니오! 어쨌든 속히 황상의 칙서대로 시행토록 하시오."

선조는 조정을 이끌고 한성으로 돌아갔지만 광해는 임금의 명에 따라 여전히 해주에 머물고 있었다. 사헌이 가져온 칙서에 '조선을 둘로 나누어 광해에게 하삼도를 다스리게 하라'는 문구는 즉각 유조인의 귀에 들어갔다. 유조인은 잘되었다고 생각했다. 통치 능력이 한참이나 떨어지는 선조보다는 패기 가득한 광해가 임금이 되는 것이 훨씬 나았고, 당장 임금이 되지 못한다 해도 또다시 분조를 맡는다면 훗날을 위한 경험을 쌓을 수 있었다.

"이리 되면 저하께서 거부하셔도 하삼도로 내려갈 수밖에 없습니다. 명의 뜻이라면 따라야 합니다. 더구나, 각기 다스리는 것을 보고 이 나라를 맡기겠다 하는 것은 이미 저하를 염두에 두고……."

하지만 광해는 짜증을 냈다.

"그만 하시오!"

그럼에도 유조인은 멈추지 않았다.

"저하께선 이미 칭병으로 전하께 충심을 보였습니다. 이제는 받아들여도 됩니다. 명의 뜻이 저하께 있습니다."

그것은 세 살 아이라도 알 수 있으나 그렇다 해서 선뜻 받아들여서는 안 된다는 것도 세 살 아이라면 너끈히 알 수 있었다. 광해가 그런 고민에 빠져 있을 때 선조 또한 깊은 고민에 잠겼다. 하루 저녁을 고민한 끝에 선조는 이봉정을 불렀다.

"대신들을 들라 하라."

편전에 대신들이 들어서자 선조는 담담히 일렀다.

"과인이 고민해 보았는데 황상의 칙서는 왜적을 막지 못한 것을 나무란 것뿐만이 아니오. 나라를 쪼개 다스리라는 것은 과인이 더 이상 이 자리에 있을 자격이 없다 질책한 것이오. 해서 잘못을 깊이 뉘우치고 세자에게 아예 선위를 할까 하오."

한동안 잊혔던 선위 얘기가 나오자 윤두수가 가장 먼저 반대했다.

"선위라니요! 아니 되옵니다."

이덕형은 선위는 제쳐놓고 이러한 문제를 불러일으킨 명나라의 저의가 의심되었다.

"이는 송응창의 농간에 넘어가는 것입니다."

농간일 수 있음을 잘 알지만 한편으로 선조는 임금의 자리가 지겹기도 했다. 전쟁이 언제 끝날지 알 수 없었고, 모든 일에서 명나라의 지원을 받아야 한다는 사실도 참혹했다. 자신이 아무리 부정해도 광해에게 권력이 넘어갈 수밖에 없다는 현실도 못마땅했다. 명나라에 떠밀려 보위에서 내려오느니 차라리 스스로 물러나는 것이 모양새가 좋을 것이었다.

"이건 진심이오. 지난번에 선위를 했어야 하는데, 신성군의 일로 경황이 없어 그냥 넘어갔소. 내가 더 이상 이 자리에 있는 것은 만백성은 물론 황상께도 큰 죄를 짓는 일이라 생각되오. 그리들 알고 선위 준비를 하시오."

윤두수가 절규했다.

"전하, 아니 되옵니다."

그러나 선조는 이봉정에게 간단히 명을 내렸다.

"해주에 있는 세자에게 내 뜻을 전하라."

그렇게 이르며 설핏 류성룡을 보았으나 왠지 태연하기만 했다.

명을 받은 전령이 선위의 뜻이 담긴 교지를 들고 그날 안으로 해주로 올라갔다. 광해가 뜻밖의 서찰을 보고 그 속내를 의심할 때 유조인이 거들고 나섰다.

"전하께서도 명의 뜻을 파악한 겁니다. 선위를 받아들여도 되옵니다.”

광해는 도리질을 했다.

“그런 소리 마시오. 한두 번 겪은 내가 아니오. 이는 내게 석고
대죄하라는 명이나 같소.”

“설령 그렇다 하더라도 지금은 과거와는 다릅니다. 황상의 칙서
가 있었습니다. 전하께서 그 칙서를 보고 황상의 뜻을 거역치 못한
것입니다.”

광해는 고민스럽지만 류성룡의 말을 떠올렸다.

“영의정은 내게 아직은 때가 아니라 했소.”

“당연히 그럴 테지요. 류성룡은 전하의 사람입니다. 전하께서
물러나면 당연히 함께 물러나야 합니다. 명이 저하를 원할 때 선위
를 받으시옵소서.”

“아무래도 사헌을 만나보아야겠소.”

그때 문밖에서 꾸지람이 들려왔다.

“저하, 이 나라를 망치고 명에게 나라를 바칠 셈입니까!”

두 사람은 당혹했다. 조선에서 광해에게 꾸지람을 할 수 있는
사람은 선조 외에는 없었다. 그러나 문밖의 목소리는 선조가 아니
었다. 광해는 설마 싶은 생각에 문을 벌컥 열었다. 뜻밖에 달빛 아
래에 류성룡이 서 있었다.

“영상이 어찌 이곳에…….”

류성룡은 그 질문에는 답하지 않고 준엄하게 말을 이었다.

"지금 모두가 합심하여 강화 음모를 막고 왜적을 물리치려 하는데, 저하께서 이리 흔들리면 어쩌자는 겁니까!"

광해는 몸을 일으키려다가 주저앉았다. 유조인은 새파랗게 질렸으나 날카로운 목소리로 류성룡에게 따지고 들었다. 언제 오셨느냐, 무슨 일로 오셨느냐는 문안은 아예 제쳐놓았다.

"잘못은 영상에게 있소. 영상께서 전하를 잘못 모셨으니 선위를 하신다는 것 아닙니까. 그리고 선위를 받는 게 무슨 잘못이란 말입니까!"

류성룡은 도포를 휘날리며 방으로 성큼 들어와 유조인을 질책했다.

"이 모든 게 명의 압박 때문임을 모른단 말이오?"

대면하자마자 언성을 높이는 노 대신들 사이에서 광해는 어쩔줄 몰라 하다가 신경질적으로 말했다.

"그만들 하세요! 주상 전하의 뜻 잘 압니다. 내 당장 한성으로 달려가 석고대죄하지요. 그리고 제발 폐세자 해달라 간청 드리겠습니다!"

"굳이 석고대죄하지 않으셔도 됩니다."

유조인이 말렸으나 광해는 말을 타고 한성으로 달려갔다. 그 뒤를 영문도 모르는 호위무사들이 따랐고 한참이나 뒤처져 류성룡이 따라왔다. 류성룡이 말에서 내려 고삐를 이천리에게 건네주고 궐로 들어가자 이미 광해는 땅바닥에 엎드려 스스로의 죄를 묻고 있었다.

"전하, 선위의 뜻을 거두어 주시옵소서. 또한 신을 폐세자시켜 주시옵소서."

그 뒤로 정탁, 이덕형, 이항복, 이원익, 김응남이 늘어서 있었다. 서로 눈치를 보다가 정탁이 먼저 엎드리자 앞서거니 뒤서거니 엎드렸다. 류성룡은 가장 마지막으로 허리를 굽혔다. 이 모든 것이 선조의 치졸함에서 나온 것이런만 임금이 지닌 힘을 무시하거나 짓밟을 수는 없었다. 정탁이 울분 가득한 소리로 아뢰었다.

"전하, 뜻을 거두어 주시옵소서."

모든 대신들을 그 말을 따라 하면서 어서 빨리 이 전쟁이 끝나고 이 허위의 정치가 끝나기만을 고대했다. 그러면서 입을 모아 아뢰었다.

"뜻을 거두어 주시옵소서."

침전에서 선조는 망연히 앞만 바라보았다. 문의 격자무늬가 커졌다가 작아졌다. 그 환영이 마치 조선의 모습을 보는 것 같아 현기증이 일었다. 앞에 앉은 윤두수 역시 아무런 말없이 두어 식경이 지났으나 저 멀리에서는 여전히 '뜻을 거두어 주시옵소서'가 아련하면서도 애절하게 들려왔다. 발걸음 소리가 들리고 천천히 문이 열리더니 류성룡이 대표로 들어왔다.

"전하, 이제 선위의 뜻을 거두어 주시옵소서."

선조는 한참이나 더 격자무늬를 바라보다가 몸을 일으켰다. 이봉정이 쪼르르 달려가 큰소리로 외쳤다.

"주상 전하 납시오!"

광해가 머리를 더욱 조아리며 간절히 주청했다.

"신을 폐세자 하시옵고, 선위의 뜻을 거두어 주시옵소서."

그 말을 따라 대신들이 앵무새처럼 읊조리자 선조는 속으로 가증스럽다는 생각이 들었으나 너그러이 말했다.

"그만들 일어나시오. 내 뜻을 거두겠소."

"성은이 망극하옵니다."

선조는 광해를 한참이나 바라보다 일렀다.

"과인이 뜻을 거두었으니, 세자도 폐해달라는 뜻을 그만 거두라. 과인이나 너나, 지금 마음대로 할 수 있는 게 뭐가 있겠느냐. 해주로 돌아가 있거라."

"신이 폐세자를 원하는 것은 진심이옵니다! 홀가분한 마음으로 절로 들어가 나라와 전하를 위해 기도하며 사는 것이 신의 소원입니다. 돌아가 명을 기다리겠습니다."

9.
무군사를
설치하다

한편 사헌은 자금성 안에서 서류만 만지작거리다가 만력제의 명으로 조선으로 왔지만 정확한 실정은 알지 못했다. 오기 전 석성과 송응창, 이여송이 올린 상소에는 왜적이 모두 물러났으며 조선을 옛날처럼 회복하는 일만이 남았다고 적혀 있었다. 그런데 류성룡과 윤두수는 엉뚱한 말을 했다.

"왜적이 물러난 것이 아니라 남해안에 주둔하고 있습니다."

사헌은 그 말을 믿을 수 없었다.

"그렇다면 송응창과 이여송이 황상을 기만했단 말이오?"

류성룡은 바짝 앞으로 앉아 차분히 설명했다.

"그렇습니다. 송 경략은 왜적과 싸울 뜻이 없고, 심유경을 통해 강화를 해서 전쟁을 끝내려 한 것입니다."

"믿을 수 없소. 혹시 그대들이 나와 송응창을 이간질시키려는 것이오?"

윤두수가 거들고 나섰다.

"이 나라를 돕고자 온 명군을 이간질해 무엇을 얻겠습니까? 이는 한 치의 거짓 없는 사실입니다. 우리를 믿지 못하겠다면 명 장수의 말을 들어보시지요."

미리 준비한 듯 문이 열리고 낙상지가 들어섰다.

"오랜만입니다 대인."

사헌은 그 말에 대답은 하지 않고 바로 본론으로 들어갔다.

"낙 참장, 지금 내게 말한 것이 모두 사실이오?"

"제 목숨을 걸 수 있습니다. 왜적은 지금 남해안에 머물며 노략질을 멈추지 않습니다. 그들을 한시바삐 바다 밖으로 몰아내야 합니다."

사헌은 분에 겨워 탁자를 꽝 내리쳤다.

"어찌 이럴 수 있단 말인가! 송응창을 결코 가만두지 않겠다."

이 좋은 기회를 놓칠 수 없다 싶어 류성룡은 간곡히 말을 이었다.

"지금 조선의 형세로는 분조 설치가 현실적으로 어렵습니다. 하삼도에 분조가 만들어지면 조정의 명령 권한이 나누어지고, 주상께서 세자를 더욱 미워할까 염려됩니다. 부디 이를 철회해 주시기 바랍니다."

"그것은 그리 간단한 문제는 아니지만 내 생각해 보겠소."

"그리고 명 황상에게 사은사를 보내 조선의 왜곡된 실정을 정확히 알리고자 합니다. 정철 대감이 얼마 전에 갔었지만 뜻을 이루지 못했습니다. 황상을 직접 알현하게 해주십시오."

"그것 또한 쉽지 않은 문제요. 사은사를 보내는 것은 조선의 일이지만 황상 알현은 내 권한 밖의 일이오. 정히 원한다면 사은사를 보내도록 하시오."

선조는 반색하고는 파발을 경상 감영으로 보내 김수를 급히 올라오도록 했다. 이슥한 밤에 류성룡만이 옆에 있는 자리에서 당부하고, 또 당부했다.

"국서를 써줄 터이니 북경에 다녀오도록 하시오. 사은품은 적절히 마련하고. 어떤 일이 있어도 황상 앞에 나아갈 때까지 국서를 절취당하거나 다른 사람이 먼저 읽게 해서는 아니 되오. 내 진심으로 당부하오."

"신이 죽음으로써 소임을 해내겠나이다."

김수가 이끄는 사은사 행렬은 함경도에서 길이 막혔다. 사은사가 올라간다는 첩보를 입수한 심유경이 송응창을 등에 업고는 김수를 윽박질렀다.

"몰래 숨긴 국서라도 있다면 지금 실토하는 게 좋을 것이오."

김수는 침을 꿀꺽 삼켰다.

"그런 것 없소이다!"

"샅샅이 뒤져라!"

명이 떨어지기 무섭게 군사들이 파리떼처럼 달려들어 모든 짐을 샅샅이 뒤졌다. 사은품을 실은 궤짝은 물론 수레 밑, 말의 편자, 김수의 옷 하나하나까지 뒤졌지만 별다른 문건은 나오지 않았다. 심유경은 매우 아니꼽다는 얼굴로 김수를 노려보고는 차갑게 내뱉었다.

"가 보시오."

그 하루 전에, 행궁에서 사은사 행렬이 출발하는 모습을 보고 사헌은 선조와 대면했다. 경황이 없어 제대로 대접조차 못하고, 조선을 측은히 여겨 사은사를 보내도록 해준 것이 고마워 선조는 진심으로 사헌을 대했다.

"이 은혜는 평생 잊지 않겠소이다."

"은혜랄 것도 없습니다. 저는 이제 북경으로 돌아가 황상께 모든 사실을 고하겠습니다. 하지만 황명은 황명입니다. 전하께서 방비를 소홀히 해 왜적의 침입을 막지 못했고, 우리 명나라까지 위험하게 만든 건 사실입니다. 왜적이 남해안에 주둔해 있으니 나라를 나누거나 분조를 행해 따로 다스릴 수는 없겠으나, 하삼도의 군비를 새로이 하기 위한 무군사撫軍司를 설치해 세자를 내려 보내도록 하십시오."

'세자'라는 단어가 나올 때마다 선조는 자신도 모르게 이맛살을
찌푸렸다. 사헌에 대한 고마움은 벌써 잊었다.

"세자를 말이오?"

"그 정도도 못하겠습니까? 허면, 제가 황상께 돌아가 조선은 아
무런 방책도 세우지 않고 있다 고해야 하겠습니까?"

황급히 손을 내둘렀다.

"아니오. 그리 하겠소. 부디 돌아가거든 황상께 잘 고해주시오."

김수가 수행원들을 이끌고 압록강을 건너 금주錦州에 이르렀을
때 사헌은 종사관들과 함께 한성을 출발했다. 그 소식은 곧바로 송
응창에게 전해졌다. 덧붙여 '사헌이 모든 사실을 파악했다'는 나쁜
소식도 전해졌다. 심유경은 안절부절못했다.

"자세한 사정은 모르겠지만, 그 때문에 황상의 분할역치 하라는
명을 거두고 사헌이 지금 북쪽으로 올라오고 있다 합니다."

"이런 제기랄!"

이틀 후 뽀얗게 먼지를 일으키면서 20여 명이 넘는 사헌 일행이
사신관에 당도했다. 송응창은 쭈뼛거리며 청했다.

"오랜만이오. 먼 길인데 차 한잔 하며 쉬었다 가시지요."

사헌은 들은 척 만 척했다.

"먼 길이니 부지런히 가야지요. 차 마실 시간이 없소."

"그러지 말고, 할 얘기도 좀 있고……."

"할 얘기라? 왜적의 대군이 아직 남해안에 주둔하고 있다는 얘기요?"

약삭빠른 심유경이 재빨리 변명했다.

"대인! 이 모두가 우리 명을 위한 일이었습니다. 잠시 얘기를……."

사헌이 눈을 부라리며 호통쳤다. 처음부터 심유경이 마음에 들지 않았지만 막강한 권한을 쥔 석성의 천거가 있었기에 받아들일 수밖에 없었다. 하지만 이제 심유경의 거짓을 파악한 이상 망설일 필요가 없었다.

"네 이놈! 황상을 기만하고도 어디서 그 주둥아릴 놀리는 게냐! 애초에 근본도 없는 네놈 따위가 조선 문제를 해결하겠다고 나서게 하는 게 아니었어!"

새파랗게 질린 심유경이 입술을 떠듬거렸다.

"대, 대인……."

이제 사헌은 송응창을 노려보았다. 사신의 탈을 쓰고 조선에 내려와 나라의 기틀을 흔든 것은 용서할 수 없었다.

"이런 놈과 함께 놀아난 그대가 더 한심하오. 또 그런 자를 책임자로 보낸 병부상서 석성은 더 한심하고! 소환장이나 기다리시오."

만력제는 편전 좌우로 길게 늘어선 대신들을 귀찮은 듯 스윽 훑어보았다. 어떤 대신은 이름이 생각나지 않았고 어떤 대신은 예전보다 더 살이 쪄 있었다. '뭐 그럴 수도 있지' 생각하고는 옆의 환관에게 물었다.

"이게 얼마만이지?"

"근 반년입니다."

반년이라는 시간이 가늠되지 않았으나 그마저도 대수롭지 않았다.

"그래? 세월 한번 빠르네. 대신들은 별일 없었지요?"

늘어선 대신들이 일제히 허리를 조아렸다.

"네, 황상 폐하."

만력제는 저만치에 서 있는 낯선 옷차림의 김수를 보고는 '저 자때문에 나를 정전正殿으로 끌어냈군' 짐작했다. 조선에서 왜적이 물러난 것을 사은하겠다는 사은사가 왔으니 부디 행차해 달라는 간곡한 요청으로 나온 것이었다. 만력제는 대수롭지 않게 말했다.

"오래전에 왜적이 물러갔다는 소식을 들었는데 뭘 자꾸 사은을 하겠다는 건가?"

석성이 대신 설명했다.

"황상 폐하의 은혜로 왜적을 물리쳤사온데 사은을 하지 않으면 어찌 제후국의 도리라 할 수 있겠습니까."

"그래? 그런데 난 생색내는 게 싫소. 여하튼 조선 왕은 평안한가?"

이번에도 석성이 대답했다.

"평안치 않을 리가 있겠습⋯⋯."

그 말이 끝나기도 전에 만력제가 신경질을 냈다.

"거참, 왜 자꾸 상서가 대답하는 거요? 조선 사신은 입을 꿰맸답니까?"

"⋯⋯."

이제나 저제나 기다리던 기회가 왔다 싶어 김수가 한 발 앞으로 나섰다. 이날을 얼마나 고대했던가, 가슴이 터질 지경이었다. 허리를 깊이 한 번 조아리고는 침착하게 아뢰었다.

"조선은 황상 폐하의 하해와 같은 은혜를 입었사오나 아직 왜적이 물러가지 않아 여전히 평안치 못하옵니다."

만력제는 눈을 둥그렇게 떴고, 대신들은 웅성거렸고, 석성은 새파랗게 질렸다. 만력제가 김수와 석성을 번갈아 보며 물었다.

"그건 또 무슨 소린가? 지난번에 온 사은사가 올린 표문에는 왜적이 물러갔다 하질 않았나. 그때 내가 사신을 직접 만나지는 못했어도 분명⋯⋯."

김수는 소매에서 표문을 꺼냈다. 이 국서를 사은품 도자기 궤짝 사이에 숨겨가지고 오느라 무진 애를 먹었었다.

"폐하, 신이 조선 왕의 표문을 들고 왔사옵니다."

석성이 성급히 앞으로 나서 제지했다.

"이보시오! 어디서 확인되지도 않은 문서를 표문이라고 바치려는 것이오. 무례하오."

만력제는 둘 중 한 명에게 꿍꿍이가 있다는 것을 간파하고는 환관에게 고개를 까딱거렸다.

"저 표문을 가져오너라."

환관이 표문을 받아 바치자 만력제는 건성으로 읽었다. 그럼에도 내용은 파악했다.

"왜적이 물러가지 않고 그대로 조선에 남아 있다니? 허면 지난번에 보낸 표문과 이것, 둘 중 하나는 가짜라는 것인데."

만력제의 날카로운 눈길을 피하며 석성이 다급히 주장했다.

"당연히 지금의 표문이 가짜입니다. 어찌 조정을 거치지 않고 올라온 표문이 진짜일 리 있겠습니까?"

갑작스레 미궁 속으로 빠져드는 진실과 거짓 싸움을 만력제와 대신들이 흥미롭게 지켜볼 때 정전 끝에서 우렁찬 목소리가 들려왔다.

"이번 표문이 진짜입니다."

모두의 시선이 그에게 향했다. 옷도 갈아입지 않은 사헌이 피곤하지만 씩씩한 걸음걸이로 성큼 만력제 앞으로 걸어왔다. 이제 진실이 밝혀지리라는 표정으로 모든 대신들이 사헌의 입이 열리기를 지켜보았다.

"신이 조선에서 상세히 사정을 알아본 바, 지금까지 경략 송응창이 폐하를 기만했습니다."

"뭐라? 나를 기만했다?"

"그렇습니다. 송응창은 왜적과 싸우기는커녕 강화를 진행하면서 왜적이 물러갔다 거짓을 고하고, 또한 사실을 고하려는 조선 사신을 방해해 왔습니다."

만력제는 기가 막혀 석성을 노려보았다.

"병부상서, 이게 대체 어찌 된 일이오?"

"그, 그게……."

"짐이 국사를 좀 돌보지 않기로서니 지금 짐을 바보로 아는가!"

벌떡 일어나 큰소리로 하명했다.

"당장 송응창을 소환하라!"

1593년 12월, 소환된 송응창과 이여송은 실각되고, 음모의 주동자였던 심유경은 옥에 갇혔다가 천운으로 풀려났다. 병부상서 석성은 태도를 바꿔 송응창을 탄핵함으로써 화를 피했다. 만력제는 고양겸顧養謙을 새로운 경략으로 임명했으나 이 핑계 저 핑계를 대면서 요동에서 한 발짝도 움직이지 않았다. 그 무렵에도 왜국 사신 평의지와 소서비탄수는 만력제를 만나기 위해 요동에 머물렀으나 입궐하라는 명은 떨어지지 않았다.

선조는 분조를 설치하지 않는 것에 만족하면서도 사헌의 압력으로 무군사를 설치해야 했다. 며칠을 미적거리다가 광해를 불러 일렀다.

"무군사를 맡으라는 명은 받았겠지."

광해는 싫지도 좋지도 않은 표정으로 대답했다.

"네. 허나, 신은 아직 무군사를 맡을 심신이 아닙니다."

"왜, 분조가 아니라서 섭섭한 것이냐?"

"그런 뜻이 아니옵니다. 지쳤습니다."

"전란이 끝나지도 않았는데 무엇에 지쳤단 말이냐? 꼭 내게 지쳤다는 말처럼 들리는구나."

속마음을 들킨 듯싶어 광해는 흠칫했다. 선조는 '내가 너의 속을 모두 꿰뚫고 있다'는 말이 목까지 치밀어 올랐으나 꾹 참았다.

"어쩔 수 없는 일이다. 나도 좋아서 널 보내는 게 아니다. 곧 떠나거라. 하삼도로 내려가면 무군사에서 행하는 모든 업무를 매일 내게 보고하거라."

무군사 설치가 확정된 이상 대신들은 앞으로 무엇을 해야 할지 결정해야 했다. 비변사에 대신들이 모이자 류성룡이 안건을 꺼냈다.

"하삼도로 내려갈 무군사의 소임은 재정 확보와 군량 조달, 병마 훈련이오. 그중에서도 모병과 군사 훈련이 무엇보다 중요합니다."

사사건건 따지고 드는 윤두수가 물었다.

"하나 묻겠습니다. 명군이 철군한 마당에 무군사까지 만들어 모병을 하고 군사훈련을 하려는 이유가 무엇입니까?"

"그야 당연히 왜적을 물리치기 위함 아닙니까. 철수했던 명군을 기다리는 동안 우리도 전력을 강화해야 합니다. 무조건 싸운다고만 될 일이 아니지요. 싸울 힘을 기를 시간이 필요한 겁니다."

이덕형이 거들었다.

"그 말이 옳습니다. 지금 우리 힘만으로는 왜적을 물리치기 힘듭니다. 힘을 길러 다시 명군과 함께 공격해야 합니다."

윤두수는 지지 않았다.

"당장 공격하자는 것이 아닙니다. 무군사가 하삼도로 내려가 새로이 군사를 모으면 굳이 명의 도움을 받을 필요가 없습니다. 권율과 김명원이 이끄는 관군이 전열을 정비했고, 또 이순신의 수군이 건재합니다. 의병도 지원할 것이고요. 게다가 훈련도감을 통해 홀륭한 무관들 또한 배출하고 있질 않습니까? 무엇이 두렵습니까?"

이항복은 잠시 생각하다가 윤두수에게 찬성하는 의견을 보탰다.

"전 지금까지 우리 힘만으로는 역부족일 거라 생각했습니다만 윤 좌상의 말씀을 듣고 보니 해볼 만하다는 생각이 듭니다. 사실 그 동안 명군의 지휘 아래 있다 보니, 우리 조선군의 조직이 제 힘을 발휘하지 못했습니다. 또한 왜적도 팔도에 흩어져 있는 것이 아니라 남해안에만 웅크리고 있으니……."

이원익은 그 의견에 반대였다.

"글쎄요. 제 생각에는 아직 성급한 듯싶습니다. 실제로 수군을 제외하곤 우리 조선군이 크게 승리한 것은 대부분 수성하는 입장일 때였습니다. 이제 반대로 우리가 왜적을 공격해 승리하려면 훨씬 많은 군사와 화력이 필요합니다. 한데, 우리는 아직 그만한 군사와 화력을 가지고 있지 못합니다."

김응남은 류성룡 편이었다.

"그만한 힘을 갖추려면 상당한 시일이 걸릴 것입니다. 신중하셔야 합니다. 자칫 잘못했다간 명군도 없는 상황에서 큰 위기를 초래할 수 있습니다."

자신의 편을 드는 사람이 이항복밖에 없음에도 윤두수는 의견을 굽히지 않았다.

"하염없이 시일을 끌었다간 강화가 이뤄질지도 모릅니다. 이 땅을 유린한 왜적을 고이 보내주겠단 말입니까! 참으로 답답합니다. 왜적과 싸우려는 의지를 보여주세요. 우리끼리 탁상공론할 것이 아니라 일선에 있는 장수들에게 물어봅시다! 우리가 정말 왜적들을 당해낼 수 있는지, 없는지 말입니다!"

그 말이 틀림없었기에 류성룡의 고민은 깊기만 했다. 홀로 앉아 이리저리 장단점을 재볼 때 이덕형이 들어왔다. 그 얼굴에 낙담이 서렸다.

"일선 장수들도 대부분 윤 대감과 같은 생각을 하고 있습니다."

"전장에서 싸워온 장수들이야 말해 뭐하겠는가. 당장 공격하자고 했을 테지. 하지만 분한 마음에 이끌려서는 안 되네."

"윤 대감을 중심으로 장수들이 전하께 상소를 올릴 것입니다. 늘 강경한 입장이었던 주상께서 그 뜻을 따를까 걱정입니다."

아니나 다를까 윤두수와 이항복의 주청을 들은 선조는 귀가 솔깃했다.

"우리에게 승산이 있다? 명군의 도움 없이도?"

"그렇습니다. 명군은 우리 조선군을 지휘 하에 두고 오히려 왜적과 싸우지 못하게 방해한 때가 더 많았음을 아시질 않사옵니까?"

이항복이 거들었다.

"무군사를 단순한 모병과 훈련 목적으로 보내지 마시고, 왜적을 칠 군대를 만드는 기관이라 여기고 보내시옵소서. 우리 힘으로 왜적을 물리치면 전하께서는 명나라 도움 없이 국난을 극복한 군주로 역사에 남을 것이며, 세세손손 백성들의 추앙을 받을 것입니다."

'추앙'이라는 말에 선조는 공격으로 마음이 기울어졌다. 그러나 하룻밤을 깊이 생각한 끝에 윤두수의 의견은 섣부른 감이 있다는 판단이 들어 류성룡을 불러 일렀다.

"과인이야 당장이라도 왜적을 치고 싶소만 아무래도 아직은 때가 좀 이른 것 같소. 그리고 명군 없이 싸우는 것도 명분이 서질 않고."

류성룡은 임금이 차츰 판단력을 찾아간다고 생각했다. 왜적을 누구보다 미워하고 그들을 모두 도륙해도 시원찮을 것이련만 현실을 정확히 인식하고 있었다. 그 정확한 인식에 힘을 실어주어야 했다.

"무군사를 모병과 훈련에 충실토록 제한하시고, 좌상 윤두수와 병판 이항복을 조정에서 내보내, 무군사에서 일하도록 명하시옵소서!"

뜻밖의 제안에 선조는 깜짝 놀랐다. 굳이 그렇게까지 할 필요가 있나 의아심이 들었다.

"좌상과 병판을 조정에서 내치라는 것이오? 생각해 보겠소."

10.
독불장군
이순신

또 하루의 밤을 깊이 고민하다가 선조는 윤두수와 이항복을 불렀다.

"두 대감은 무군사로 내려가 주시오. 지금은 명의 도움 없이 왜적과 무모하게 싸울 수 없소."

두 가지 어명을 동시에 내리자 윤두수는 몹시 격앙했다. 첫 번째 명은 서운하기는 해도 받아들일 수 있으나 두 번째 명은 받아들이기 어려웠다.

"싸울 수 있습니다! 모든 장수들이 몸이 부서질 각오를 하고 있습니다."

"나도 왜적을 치지 못하는 게 참으로 분하오. 경의 분한 마음을 과인이 어찌 모르겠소. 허나, 우리 군사들이 힘을 갖출 때까지만 조금만 참으시오. 그때 우리의 한을 원 없이 풀도록 합시다. 경이 삼도 도체찰사를 맡아 하삼도로 내려가 주시오. 정탁 대감이 그대들을 도울 것이오."

가만히 듣던 이항복은 고개를 떨구었다. 윤두수는 무언가를 더 말하려다 선조의 처연한 얼굴을 보고는 입을 다물었다. 자신을 하삼도로 내려보낸 결정은 분명 류성룡의 주청일 테지만 그것이 마음에 응어리가 되지는 않았다. 다만 선조의 나약함이 안타까울 뿐이었다. 날이 밝자 행궁 앞은 분주해졌다. 하삼도로 내려가는 대신들과 종사관, 하인들, 호위병사들이 웅성거리며 모여들었다. 말들은 히잉 울었고, 하인들은 봇짐을 단단히 여미며 끼리끼리 모여 귓속말을 주고받았다. 모든 준비가 끝나자 광해는 선조 앞에 머리를 조아렸다.

"다녀오겠습니다."

선조는 차갑게 하명했다.

"잊지 말거라. 무군사는 분조가 아니다. 그리고 네게 맡겨진 소임 이상은 나서지도 말고, 문관을 하나 두어 매일의 일을 일기로 남겨 고해야 할 것이다."

"……."

"어찌 대답이 없느냐?"

"……명을 받들겠습니다."

광해가 돌아서자 윤두수, 이항복, 정탁이 선조에게 허리를 굽히고 돌아섰다. 한성에 남은 대신들이 눈으로 인사를 하자 담담히 고개를 끄덕였다. 류성룡은 두어 걸음 떨어져 그들을 배웅하면서 윤두수에게 간곡히 당부했다.

"부디 세자를 도와 하삼도의 민심과 군무를 잘 다스려 주시오."

윤두수는 차분하지만 단단한 눈빛으로 그 말을 받았다.

"응당 그래야지요. 그리고 언젠가 이 빚은 꼭 돌려드리겠습니다."

"군자보수 십년불만君子報讐十年不晩, 군자의 복수는 10년이 걸려도 늦지 않다 했으니, 꼭 기다리고 있겠습니다."

광해 일행은 나흘 길을 걸어 전주에 당도했다. 태조대왕 이성계李成桂의 영정을 봉안한 풍남동 경기전慶基殿 옆에 무군사를 설치하고, 대신들과 종사관들이 머물 거처와 회의실, 호위군사들과 하인들의 숙소를 배정하자 하루가 금방 지났다. 늦은 저녁을 먹는 둥 마는 둥 해치우고 대신들은 광해의 침소로 모였다. 광해가 슬프고도 분노에 가득 찬 목소리로 입을 열었다.

"모두들 보았을 것입니다. 이곳으로 내려오는 길에 방방곡곡 처참하게 쓰러져 있는 백성들의 주검을 말입니다. 참으로 기가 막혔습니다. 많은 주검들은 왜적이 아니라 이 못난 사람이…… 이 무능한 조정이 만든 것입니다."

그 지당한 말에 모두가 고개를 떨구었다. 학식이 아무리 깊고, 애국충정이 아무리 넘쳐도 변명할 말이 없었다.

"이 죄를 어찌 씻어야 합니까."

그 질문에 대답할 사람 역시 아무도 없었다.

"이제부터 무군사의 소임은 단 하나입니다. 그것은 백성들에게 속죄하는 일입니다. 군사를 모으고 왜적에게 복수할 강군을 조련하는 일! 그것 하나뿐입니다. 부디 남은 생은 원통하게 목숨을 잃은 백성들을 대신해 산다 생각하시고 모든 힘을 기울여 주십시오."

정탁이 모두의 마음을 대변해 아뢰었다.

"그 같은 저하의 마음을 어찌 모르겠사옵니까. 우리 모두가 한마음으로 저하를 따를 것입니다."

"무군사의 소임이 병사를 모으고 훈련시키는 일이긴 하나 강제로 병사들을 징발할 생각은 없습니다. 가뜩이나 조정에 원망이 많은 백성들인데 징병하여 어찌 인심을 모으겠습니까. 과거를 실시해 인재를 가려 뽑을 것입니다."

이항복이 찬성하고 나섰다.

"좋은 생각입니다. 인재 한 명을 뽑아 훈련시키는 것이 의지 없는 백 명의 군사보다 나을 것입니다."

그러나 정탁은 신중했다.

"하오나, 과거를 실시하면 인사까지 관여하게 됩니다. 이는 전하께서 하명하신 무군사 권한 밖의 일이라 괜한 오해를 살 수도 있습니다."

"무군사를 호위할 군사를 뽑는 과거라 하면 됩니다. 나는 예전의 분조처럼 민심을 수습하고, 군무를 총괄하고 행정 전반의 일까지도 처리해 나갔으면 합니다."

윤두수는 광해의 의견이 매우 마음에 들었다. 비록 이곳이 무군사이지만 자신의 뜻을 세우고 실천하는 세자가 망설이는 선조보다 훨씬 낫다고 생각했다.

"명군이 철수한 상황에서 무군사가 왜군의 북진을 막아야 할 것입니다. 과거 또한 모병의 한 방법이니 어명을 거역했다 할 수 없지요. 이왕 하는 거 제대로 시작하는 것도 나쁘지 않습니다."

다음 날 정오가 되기 전에 마을 곳곳에 방이 붙었다. 하삼도를 다스리는 무군사가 설치되었으며, 과거시험을 치러 신분을 망라하고 재능 있고 충정 깊은 군관을 모집한다는 방이었다. 전라도, 충청도, 경상도 이곳저곳에 방이 붙자 백성들은 하나둘 전주로 향했다. 흡족한 광해는 한산도로 전문을 보냈다.

무군사에서 군사들을 훈련시킬 총통을 전주 감영으로 보내주시오.

이순신은 전문을 접어 옆으로 치워놓고는 송희립에게 간단히 지시했다.

"정사준을 시켜 무군사에 총통을 보내라 하게."

"네⋯⋯. 그런데 우리 수영에 있는 군사들은 무군사 과거에 응시하지 못하게 하실 겁니까?"

멈칫 하다가 이순신은 단호한 눈빛으로 송희립에게 다시 지시했다.

"어서 총통을 보내라 이르게!"

그때 언복이 헐레벌떡 뛰어 들어왔다.

"장군님, 전주에서 과거를 실시한다 들었습니다요. 소인도 가면 안 되겠습니까?"

이순신은 말이 없었고, 이미 눈치를 챈 송희립은 어쩔 줄 몰랐다. 언복은 그러거나 말거나 계속 떠들어댔다.

"소인이 이래 봬도 쇠 두드리기 전엔 판옥선 격군이었습니다. 꼭 급제하고 오겠습니다요."

금방이라도 전주로 올라갈 기세였다. 이순신은 언복에게 엄하게 일렀다.

"안 된다. 왜적과 대치하고 있는 마당에 한 명의 병사도 수영을 떠날 수 없다. 너는 이 나라와 백성의 목숨을 지키는 군사다. 가벼이 움직일 수 없다."

언복의 낯빛이 순식간에 변하면서 서운함이 가득 서렸다. 송희립이 그런 언복을 달랬다.

"언복이 자네가 가면 안성이, 동지…… 다 과거를 보러 갈 테고 다른 군사들도 가겠다 할 게야. 그리되면 우리 수영이 텅텅 빌 수도 있어. 모두 못가는 것으로 결정 났으니까 그리 알게."

언복은 서운한 표정으로 두 사람을 한참이나 바라보다가 기우뚱거리며 나갔다. 이순신은 붓을 들어 써내려갔다.

저하께서 과거를 실시한다 하시어 진중에 있는 사졸들이 모두 기쁜 마음으로 무과에 응시하고자 하였습니다. 그러나 이곳은 적과 긴박하게 대치하고 있는 곳이라 군사들을 한꺼번에 내보낼 수 없습니다. 수군은 직접 이곳 수영에서 과거를 치러 그들의 마음을 위로하고, 좋은 인재를 장교로 발탁했으면 합니다.

광해가 내미는 장계를 읽고 윤두수는 노기를 띠며 이순신을 타박했다.

"이리 무엄한 장계가 어디 있단 말입니까. 자신의 진중에서 무과를 치르겠다니! 일개 무장 따위가 국법으로 정한 과거를 열겠다니 이건 있을 수 없는 일입니다."

그 말이 맞기는 해도 정탁은 이순신 편이었다.

"너무 나무라지 마십시오. 적과 대치 중에 군사들을 가벼이 움직일 수 없다지 않습니까. 그런 진중함 때문에 왜적에게 제해권을 뺏기지 않고 전라도를 무사히 지켜내고 있는 겁니다."

"아닙니다. 아무리 능력 있는 지휘관이라 해도 국법에 정해진 일을 제 마음대로 하려 해서는 안 됩니다. 이번이 처음이 아니에요. 지난번에는 둔전을 피난민들에게 일구게 하고, 그 수확량의 반을 주자 주청했었어요."

이항복 역시 이순신을 두둔했다.

"통제사는 이 나라의 바다를 지킨 충신입니다. 전세가 이리 된 것도 통제사의 공이 큽니다. 저하, 먼저 이순신을 불러 그의 얘기를 소상히 들어보시옵소서."

그렇지 않아도 천하의 명장 이순신이 과연 어떤 인물인지 궁금했던 광해는 좋은 생각이라 여겼다. 그를 만나 군을 강성하게 만드는 방법과 훈련 방법, 왜적을 어떻게 무찌를 것인지 논의해 보고 싶었다.

"좋습니다. 이순신에게 무군사로 들라 명하시오."

그러나 며칠 후 당도한 답서는 처음 것보다 더 당돌했을 뿐더러 광해를 당황스럽게 만들었다.

각 수영에서 전선과 협선 수백 척을 만들고 있으나 활을 쏠 사부와 노

를 저을 격군이 부족하여 메울 길이 없습니다. 또한 왜적은 연안을 자주 노략질하고 백성들을 잡아가고 있습니다. 송구하오나 이런 상황에 통제영을 비우기가 어려워 이리 장계를 올려 대신함을 용서하여 주시옵소서.

윤두수는 너무 기가 막혀 노기가 머리끝까지 치솟았다.

"이제 저하의 명까지 거역하다니."

그럼에도 이항복은 굽히지 않고 이순신 편을 들었다.

"명을 거역했다 단정하긴 어렵습니다. 통제사는 지금 왜적과 가장 가까이에서 대치하고 있는 장수입니다. 그리고 적의 침입이 빈번하다 하지 않습니까."

정탁도 마찬가지였다.

"병판의 말이 맞습니다. 병법에는 유능한 장수에 대한 군주의 간섭을 경계하라 했으니, 이는 시시각각 변하는 전쟁터의 상황을 가늠할 수 없기 때문입니다. 이순신의 사정을 이해해 주십시오."

광해는 고개를 끄덕이며 그 말을 인정했지만 윤두수는 끝내 분노를 감추지 못했다.

"호랑이의 가죽은 그려도 뼈는 그리기 어렵다 했습니다. 조선을 지탱하고 있는 백전무패의 무장이라 해도 그 속을 전부 알 순 없지요. 신이 그 사정을 직접 확인하고 와야겠습니다."

"통제영으로 직접 가시겠다고요?"

"지금 적과 대치하고 있는 곳이 어디 수군 통제영뿐입니까. 이곳 전주 또한 왜적이 지척에 있긴 마찬가집니다. 경상도에는 왜적 수만 대군이 진을 치고 있고. 한데, 삼도의 수군을 통솔하는 장수가 무군사의 명을 받들지 않으면 앞으로 무군사가 하삼도의 군무를 어찌 다스릴 수 있겠습니까."

그것도 좋은 방안이라 여겨 광해는 선뜻 승낙했다.

"좋습니다. 다녀오세요. 허나, 이순신에 대한 처벌은 하지 마십시오. 체찰사께서 다녀온 연후에 얘기를 들어보고, 내가 신중하게 결정할 것입니다."

한산도 통제영에 당도한 윤두수는 이순신을 보자마자 닦달부터 했다.

"세자 저하의 명을 받지 못했소?"

"왜적과 대치 중이라 저하의 명을 따르지 못하는 불가피한 상황을 장계로 아뢰었습니다. 왜적들이 외딴 섬에 웅거해 있다가 배를 타고 뭍으로 건너가 백성들을 약탈하고 있습니다. 부산포와 동래, 진해에 이르기까지 축성하는 왜적들의 횃불이 늘어서 있고, 밤낮으로 포 쏘는 소리까지 들립니다. 당장 왜적의 동태를 한 치 앞도 가늠할 수 없는 상황에서 일개 병사든, 장수든 어찌 자리를 비울 수 있겠습니까."

"그렇다면 응당 군사를 훈련하고 방비하면 되는 일! 진중에서 과거라니, 이는 용납될 수 없는 일이오. 과거를 보려면 무군사로 보냈어야 하지 않난 말이오. 누가 통제사에게 멋대로 과거를 실시해 200년 동안 내려온 국법과 관례를 무시해도 좋다 했소?"

"전례가 아주 없는 것도 아닙니다. 경상도 수영에서는 예전부터 진중에서 시험을 보기도 했습니다."

"허허……. 전례가 국법 위에 있단 말이오? 그대는 지금 권한을 넘어 주상 전하와 조정이 할 일을 시행하고 있는 것이오. 피난민을 받아 둔전을 일구게 하고, 그 수확을 나눠 주겠다는 뜻까지는 주상께서 묵인하셨다 하지만 과거를 보고 인사권을 행사하는 것까지 묵인하시진 않을 것이오. 모든 걸 취소하시오. 그리고 다시 한 번 이와 같은 일로 나라의 기강을 흔든다면 결코 좌시하지 않을 것이오."

조정 대신들 중 우두머리인 삼공 중 한 명이 몸소 통제영까지 내려왔으나 이순신은 조금도 굽히지 않았다. 윤두수는 논박을 벌인 끝에 승자도 패자도 없이 전주로 돌아왔다. 광해는 씁쓸하기는 해도 굳이 반대할 일도 아니라 여겼다.

"내가 보기엔 이순신의 행위는 불순한 의도보다는 현장의 사정을 반영한 조치라 여겨집니다. 조금 과한 감이 없진 않지만 크게 징계를 할 필요는 없습니다. 내 시정하라 명할 테니 더 이상 논의치 않았으면 합니다."

정탁이 "현명한 생각이옵니다"라고 말하는 것을 언짢게 들으면서 윤두수는 이맛살을 찌푸렸다.

"허나, 신은 이순신을 지켜볼 것입니다."

11.
작미법은
나라의 기틀을 흔드는 악법

그때 류성룡은 새로운 생각을 구체화시키고 있었다. 이덕형은 그 방안을 듣고 가슴이 뜨끔했다. 현재로선 시행하기가 난감한 제도였다.

"작미법作米法을 시행하겠다고요?"

"그렇네."

"저도 공납의 폐단과 그로 인한 백성들의 고통이 얼마나 큰지 모르는 바 아니지만, 이건 정암靜庵 조광조趙光祖 선생과 율곡栗谷 이이李珥 선생조차도 뜻을 펼치지 못했습니다."

"알고 있네. 그래서 지금 하지 않으면 안 된다는 것이야. 이 나라 그리고 백성이 일어서려면 반드시 작미법을 시행해야 하네."

"양반들과 지주들의 반발이 면천법 때와는 비교가 되지 않을 것입니다."

"무슨 일이 있어도 반드시 시행해야 하네. 작미법 없이는 재조산하를 이룰 수 없어."

그 제안이 너무 파격적이기에 선조는 한동안 아무런 대답도 하지 못했다. 면천법을 겨우 통과시킨 지 얼마 되지 않았는데 또 개혁 조치를 내놓으면 양반과 지주들의 반항이 거셀 것이었다.

"작미법은 아무래도 어렵지 않겠소?"

"공납은 이미 조세의 5할 이상을 차지하고 있습니다. 허나, 지금까지 형평에 맞지 않게 부과되어 백성들은 그로 인해 또 다른 전쟁을 겪고 있다 해도 과언이 아닙니다."

"나도 백성들이 수천 가지 특산물을 바치느라 그 고통과 폐해가 크다는 걸 아오. 허나, 쌀로 어찌 대체하겠단 말이오?"

"간단합니다. 수많은 특산물을 쌀 한 가지로 통일해 바치게 하고, 지금까지 지주나 백성이나 똑같이 한 가구로 부과하던 것을 토지 면적에 따라 차등을 두면 됩니다."

"과인도 백성의 부담을 덜어주고 싶으나 많은 토지를 소유한 양반과 지주들이 들고 일어날 것이오. 이건 너무도 위험한 일이오."

"저도 두렵습니다. 허나, 설마 이 땅을 유린하고 수많은 백성들을 학살한 왜적보다야 더하겠습니까."

그 말에 선조는 등골이 서늘해졌다. 양반과 지주들이 왜적보다 더할 수 있다는 말은 자칫 나라를 엄청난 분란으로 몰아넣을 수 있었다. 그럼에도 류성룡은 결연한 표정을 바꾸지 않았다. 그 시각 광해는 선조에게 첫 번째 서찰을 올렸다.

전하, 통제사가 이곳 전주로 오지 못하고 통제영에서 직접 과거를 치르게 되었습니다. 왜적과 대치하고 있는 현지 사정이 다급하고 또한 전례가 있는 일이기에 신이 허락하였습니다. 다행히 무사히 과거를 치러 좋은 인재들을 모았다 하니 나무랄 일이 아닌 듯합니다. 다른 무엇보다 심각한 것은 하삼도 전역의 오랜 가뭄 탓에 수많은 백성들이 기근으로 죽어나가고 있는 것입니다.

선조는 한숨을 내쉬며 장계를 내려놓았다.

"이순신의 일은 그렇게 해도 무방하지만 기근 때문에 큰일이구려."

류성룡은 때맞춰 올라온 광해의 장계가 개혁에 힘을 실어준다고 생각했다.

"전하, 이럴 때일수록 백성들의 고통을 덜어주는 일이 절실하옵니다. 속히 작미법을 시행하시옵소서."

순간 선조의 머릿속에 기근과 저항이 오락가락했다. 기근도 해결해야 했지만 양반들의 저항은 더 거셀 것이었다. 선조는 지극히 난감한 문제 앞에서 망설였다.

"나도 어찌 그리하고 싶지 않겠소. 허나, 아무리 생각해도 이 전란 중에 양반과 지주들의 인심까지 잃는다면 그야말로 국력과 민심은 사분오열될 것이오. 너무도 중대한 사안이니 전란이 끝난 후에 논의하도록 합시다."

그러나 류성룡은 물러서지 않았다.

"전하! 지금처럼 작미법 시행이 절실한 시기는 없었습니다. 전란에 기근까지 들어 죽어가는 백성들이 어찌 공납의 무게까지 감당할 수 있겠습니까!"

무어라 입을 열려는 순간 이봉정이 다급히 들어왔다.

"전하, 반란입니다! 반란이 일어났사옵니다."

두 사람은 동시에 벌떡 일어섰다.

"반란이라니! 그 무슨 소리냐?"

"천안에서 송유진宋儒眞이 반란을 일으켜 지금 지리산, 속리산은 물론 청계산에까지 군사를 배치해 한성을 치려 한다 하옵니다!"

"하, 한성을……."

"하옵고, 이런 벽서를 방방곡곡에 붙였다 합니다."

왜적의 침입을 자초하고도 임금의 죄악은 고쳐지지 않고 조정은 여전히 당쟁에 몰두하고 있다. 어디 그뿐이랴! 전란 중에도 백성들의 삶을 짓누

르는 무거운 전세와 부역, 그리고 공납은 백성을 두 번 죽이는 것과 같다.

선조는 현기증이 일어 벽서를 떨어뜨리며 머리를 짚었다. 류성룡은 그 벽서를 들어 빠르게 읽었다. 일면 맞는 말이기는 해도 나라에 대한 반란은 용서할 수 없는 죄였다. '임금의 죄악'은 과연 무엇일까 곰곰이 생각하면서 서둘러 밖으로 나갔다.

한성에서 태어나 천안에서 생계를 유지해오던 송유진은 왜적과 싸우지도 않고 스스로 의병대장이라 칭하고 오원종吳元宗, 홍근洪瑾을 꼬드겨 반란군을 만들었다. 아산 관아로 쳐들어가 간단히 점령하고는 순식간에 계룡산 일대에까지 세를 넓혔다. 그 아래로 모여드는 굶주린 백성들에게 반란의 명분은 충분하고도 남았다.

"내 비록 백이숙제伯夷叔齊에게 부끄러움은 있으나 백성을 불쌍히 여기고 죄인에게 벌주려 하니, 실로 탕왕湯王과 무왕武王이 썩어빠진 걸왕桀王과 주왕紂王을 몰아내듯 하여 백성들의 살 길을 열고 빛이 되게 할 것이다!"

정월보름날 한성으로 진군한다는 계획을 세우고는 관군에 맞서기 위해 칼을 갈고 기다렸다. 황망히 비변사에 모인 대신들은 근심이 태산이었다. 진압이 어렵지는 않겠지만 꼬리를 물고 반란이 일어날 것이었다. 류성룡이 침착하게 물었다.

"송유진이라는 자는 파악했소?"

김응남이 보고했다.

"충청도 어사 강첨姜籤의 장계에 의하면 송유진은 서른 살이고 서자 출신입니다. 전란을 틈타 군역을 기피한 백성이나 사족, 무인 등을 끌어모아 천안과 직산稷山 사이에서 노략질을 일삼으며 도적 떼를 규합했다 합니다."

"규모는?"

이제 이덕형이 대답했다.

"계룡산과 지리산, 속리산, 청계산에 각기 따로 구축하고 있어 정확히 가늠하기 힘들지만 대략 2000은 족히 될 것이라 합니다."

"음…… 그리 많지 않은 숫자지만 그 이상의 병력일 수도 있소. 그나마 진이 나누어져 있다니 다행이구만. 수괴를 따르는 수백 명 정도를 제외하곤 급조된 반란군들이오."

이일이 작전을 주청했다.

"이럴 때는 반란군 진마다 군사를 보낼 것이 아니라 송유진이 있는 곳만 파악해 박살내고, 그놈 목만 가져오면 나머지는 모두 흩어지게 되어 있습니다."

"송유진이 지리산과 속리산, 청계산 중 어디에 있다 생각하시오?

"예? 그, 그거야……"

김응남이 핀잔을 주었다.

"그것도 모르면서 한곳만 치면 된다는 거요? 도대체 장수라는 자가."

이일이 머뭇거리며 대답했다.

"직산일 겁니다. 그냥 제 직감입니다만……."

류성룡이 그 의견에 힘을 실어주었다.

"나도 같은 생각이오. 반란은 일으킨 쪽이나 진압하는 쪽이나 속전속결이 무엇보다 중요하오. 송유진은 관군을 상대로 오래 끌어서는 안 된다는 것을 알 것이고, 가장 먼저 도성을 치고자 할 것이오."

영의정이 자기편이라 생각했는지 이일이 갑자기 호탕한 웃음을 지으며 떠벌렸다.

"제가 바로 그 말씀을 드리고 싶었습니다. 반란군의 경계 또한 삼엄할 것이니 기찰군사들을 백성들로 위장시켜 반란군에 가담하는 것처럼 잠입시키면 어떻겠습니까? 그리고 가장 경계가 허술할 때 신호를 기다려 일제히 송유진의 막사를 공격해 놈의 목을 벨 것입니다."

"오랜만에 내 뜻과 일치하는구려. 좋소. 주상께서 금군까지 데려가도 좋다고 윤허하셨으니 당장 직산으로 출발하시오."

이일은 벌떡 일어나 씩씩하게 밖으로 나갔다. 류성룡은 그 뒷모습을 보며 또 다른 근심에 사로잡혔다. 관군의 희생은 몇 명 따르겠지만 반란군은 쉬 진압할 수 있었다. 정작 문제는 다른 곳에 있다는 것을 놓치기 쉽다는 점이었다.

"문제는 민심 이반이 반란으로 표출되었다는 것이오. 처참한 지경에 이른 백성들이 칼끝을 주상과 조정으로 돌렸으니 서둘러 민심을 다독이지 못하면 한 번으로 끝나지 않을 것이오."

이일은 직산으로 내려가 충청 병사 변양준邊良俊과 합세해 몇 번의 전투 끝에 송유진을 체포했다. 애초 굶주림을 참다못해 일어난 백성들의 무리였고, 훈련도 제대로 되어 있지 않은 데다 수괴인 송유진조차 병법이나 무술이 일천했기에 관군의 상대가 되지 못했다. 한성으로 압송된 그는 국문장에서 류성룡에게 취문을 당했다.

"애초에 반란을 모의할 생각은 없었다?"

송유진은 반란을 일으켜 큰소리를 치던 때와 달리 비열하기 짝이 없는 모습이었다.

"그렇습지요. 소인은 그저 시골에서 애들을 모아 훈장질이나 하며 지냈는데, 이산겸李山謙이 찾아와 충동질하는 바람에 이리 된 것입니다. 살려주십시오."

"네 이놈! 이미 이산겸도 조사했으나 이번 반란과는 아무런 관련이 없다. 어디 거짓으로 책임을 전가하려는 것이냐!"

비열한 모습을 참다못한 반란군 하나가 송유진을 노려보며 소리쳤다.

"비겁하오! 차라리 당당히 죽으시오!"

류성룡이 그에게 고개를 돌렸다.

"너는 왜 반란군에 가입했느냐?"

"나는 추광이라 하오. 이 나라의 임금을 죽여 죄를 물으려 했소!"

국문장으로 오던 선조는 모퉁이에서 그 소리를 듣고 흠칫했다. 발걸음을 돌릴까 말까 망설일 때 추광의 울부짖는 외침이 계속되었다.

"나도 한때 의병에 참여했던 사람이오. 하지만 나라 꼴을 보시오! 왜적의 칼에 수많은 백성들이 도륙당했는데, 그나마 살아남은 백성들은 칼보다 무서운 전세와 부역과 공납에 시달리고 있소. 백성을 구하기는커녕 오히려 죽이는 임금이 무슨 임금이란 말이오! 이리 죽으나 저리 죽으나 다를 것 없소. 어서 죽이시오!"

추광은 그의 외침대로 목숨을 잃었고, 송유진과 일당도 모두 능지처참되었다. 국문장에서 이산겸의 이름이 나온 것은 또 하나의 비극을 만들었다. 《토정비결》을 지은 이지함李之菡의 서자 이산겸은 조헌趙憲이 금산전투에서 죽자 남은 의병들을 모아 의병부대를 만들었으나 반란의 덫에 걸려 결국 비참하게 죽고 말았다. 그러나 이는 억울한 죽음의 시작에 불과했다.

류성룡은 씁쓸하기 그지없었다. 순박한 백성들이 참다못해 반란을 일으킨 사실이 가슴 아팠으며 앞으로도 계속될 수 있는 현실이 안타까웠다. 선조는 그 현실을 모르는 듯했다.

"역당들이 가지고 있던 가재와 전답, 잡물들은 역당들을 잡는데 공을 세운 군사들에게 모두 나누어 주시오. 이 전란 중에 칼을 들고 왜적을 향해 달려가도 시원찮을 판에 대체 어찌 이런 일이 일어날 수 있단 말인가."

"피폐한 삶을 도저히 견디지 못해 도적에게 합류한 백성들이 대부분이었습니다. 전란과 과도한 전세, 부역, 공납이 없었다면 도적이 되지는 않았을 것입니다."

"그래요. 모두가 과인이 못난 탓이오."

"그러니 작미법을 시행하셔야 합니다. 송유진의 난을 가벼이 여기시면 아니 됩니다! 그들 중에는 왜적을 막아낸 백성들도 많았습니다. 그런 백성들이 전하와 조정을 원망해 칼끝을 돌린 것입니다. 어찌 양반과 지주들만을 생각하십니까. 어찌 백성을 도적으로 만들려 하시옵니까. 전하, 시련은 결코 하늘이 주는 것이 아닙니다. 시련은 우리 스스로가 오판하고 무시했기에 자초하는 것입니다. 부디 이를 잊지 마시옵소서."

선조는 한참이나 망설이다 은근하게 말했다.

"작미법의 필요성은 내 공감하오. 허나, 나는 아무 말도 하지 않았소. 그리고 아무 말도 하지 않을 것이오."

무슨 말인가 싶어 류성룡은 임금을 빤히 바라보았다. 방금 전 얼굴을 찌푸리며 역도들을 비난하던 것과 달리 빙긋이 웃음을 짓는 것이었다. 비변사로 돌아와 그 웃음의 의미는 무엇일까 곰곰이 생각할 때 이덕형이 들어왔다.

"뭐라 하시더이까?"

"아무런 비답도 없었네."

"하긴 양반과 지주들의 반발이 클 것임을 누구보다 잘 아실 텐데 윤허하실 리가 없지요."

하지만 류성룡은 그렇지 않다고 생각했다. 순간 웃음의 의미를 알아차렸다.

"윤허하신 건 아니지만, 반대를 하시지도 않았네. 답을 내려주시지 않았어. 이게 무슨 뜻이겠는가?"

"주상께서는 한발 물러나 계실 테니, 대감께서 할 수 있으면 해보라?"

"그렇다네. 고양이 목에 방울은 달아야겠고, 발톱은 무섭고, 주상께서는 고양이가 무서워 나서지 못하시겠다는 거고, 가만있자니 백성들은 죽어나가고……. 누구 하나는 각오하고 나서야 하지 않겠는가."

이덕형의 눈에 근심이 서렸다.

"말의 뜻은 알겠지만서도 고양이 목에 방울도 달기 전에 당할 수 있습니다."

류성룡은 피식 웃으며 농담처럼 결론을 맺었다.

"내가 호랑이가 되면 가능하지 않겠는가?"

그러나 호랑이가 될지 고양이가 될지는 아무도 알 수 없었다. 모든 개혁 조치에 대해 나라의 근본을 흔드는 것이라며 반대하던 유조인은 이번에도 강경하게 반대했다.

"말도 안 됩니다! 아직 국난이 끝나지 않은 어지러운 상황인데 나라 재정의 근간인 공납을 흔든다니요! 이는 궁 살림을 해왔던 제가 너무도 잘 압니다. 있을 수 없는 일입니다."

이덕형은 그의 임금에 대한 충정은 높이 사지만 그것이 결국에는 임금을 욕되게 하는 것이라 생각했다. 유조인의 잘못된 충정을 일깨워줄 필요가 있었다.

"작미법은 궁 살림이 아닙니다. 나라 살림입니다."

"궁 살림을 넓히면 그것이 곧 나라 살림입니다. 그리고 그간 공명첩空名帖을 발행하면서까지 양반과 지주들의 양식을 끌어내 명군을 먹이고 국난을 버텨오지 않았습니까! 만일 그들의 반발로 협조가 막힌다면 장차 무엇으로 명군과 우리 관군을 먹이며 전쟁을 치른단 말입니까?"

이제 류성룡이 나섰다.

"천석꾼이나 만석꾼이 송곳 꽂을 땅도 없어 소작으로 살아가는 백성들과 똑같이 공납을 한다는 것이 말이 되는 것이오!"

"지위와 재물을 가진 자는 무조건 나쁜 자이고, 가지지 못한 자는 무조건 선한 자입니까?"

가만히 듣던 이원익은 어이가 없어 한마디 하지 않을 수 없었다.

"그런 말씀이 아니지 않소!"

"이 사람 귀에는 그리 들립니다. 면천법! 게다가 작미법까지……. 모든 양반과 지주들을 적으로 돌려 세우면, 결국 반상의 법도는 무너지고 말 것입니다. 반상의 법도가 무너지면 이 나라의 질서는 대체 무엇으로 지탱할 것입니까."

맞는 듯도 싶고 틀린 듯도 싶은 논리로 사람들을 설득하려는 궤변에 류성룡은 화가 치밀었다.

"이보시오. 내가 언제 반상의 법도를 무너뜨리겠다 했소. 그리고 가진 자가 더 내라 하는 것도 아니고, 없는 자는 내지 말라는 것도 아니오. 최소한 공평해야 하는 것이 아니냔 말이야! 사람이 살 수 있게 말이야!"

작미법이 시행될 수 있다는 소문이 퍼지자 조선 팔도의 양반들과 지주, 지방 수령들은 일제히 들고 일어났다. 행궁 앞으로 몰려들어 공명첩을 모아 불을 지르고 류성룡을 파직시키라는 상소가 줄을 이었다.

"공납은 지난 200년 간 존속해온 일입니다. 조용조租庸調의 근간을 흔들면 나라가 망합니다. 류성룡을 파직시키시옵소서!"

어느 정도 예상을 하고 있었지만 이렇게까지 반발이 심할 줄 몰랐던 선조는 골치가 아팠다. 용포를 만지작거리며 장본인인 류성룡에게 화를 냈다.

"공명첩까지 불태우며 반발하지 않소. 내 이런 일이 일어날 줄 알았소. 이제 저들을 어찌할 것이오?"

"꺾어야지요. 나라가 위태로운 지경에도 자신의 이익만을 생각하는 저들이, 전란이 끝나면 쌀 한 톨이라도 손해 보려 하겠습니까! 지금 작미법을 시행 못하면 전하와 조정은 양반과 지주의 눈치를 보며 평생 끌려다닐 수밖에 없습니다."

다른 것은 그만두고 '평생 끌려다닌다'는 말에 선조는 귀가 솔깃했다. 임금으로서 양반들에게 끌려다니는 것은 용납할 수 없었다. 숫자로 따지자면 양반은 백성의 1할도 되지 않았다. 그 1할에 발목이 잡힐 수는 없었다. 선조의 꼼수이든 류성룡의 위민정책이든 결국 1594년, 개국 이후 최초로 작미법이 시행되었다. 훗날 대동법大同法으로 불린 이 개혁은 조광조와 이이조차 뜻을 펴지 못했던 난제였다. 양반과 지주들의 큰 반발을 물리치고 실시된 작미법으로 인해 백성들의 주름은 잠시나마 펴졌다. 선조는 백성들의 큰 칭송을 받았지만 류성룡은 스스로 많은 적을 만들고 말았다.

12.
명군의 도움이 없으면
안 되는 걸까

꽝.

정철총통에서 화약이 터지면서 100보 앞의 나무 표적이 박살났다. 그것을 신호로 궁수들이 화살을 쏘아 올리자 홍심에 연달아 꽂혔다. 광해는 그 모습이 무척이나 흐뭇했다. 전주 무군사에서 과거를 실시해 뽑은 병사들의 실력이 아주 뛰어났다. 그럼에도 윤두수는 한숨을 내쉬었다.

"인재를 찾은들 무슨 소용입니까. 싸우지를 못하는데. 이대로 허송세월하다가 명나라와 왜적이 강화를 맺으면 어찌 기회가 오겠습니까?"

광해는 웃음을 거두고는 윤두수를 달랬다.

"나도 왜적을 치고 싶지만, 명군이 두 눈 뜨고 지켜보는데 방도가 없질 않습니까?"

"저하, 우리 힘으로라도 왜적을 치면 안 되겠습니까? 신은 답답해 심장이 터져 죽을 것 같습니다."

"압니다. 허나, 명군뿐만이 아니라, 전하의 당부도 있었습니다. 무군사 권한 밖의 일은 절대 불가합니다."

"이리하시면 안 되겠습니까. 삼도 도체찰사인 신의 이름으로 밀명을 내려 적을 공격하게 하고 저하께서는 모르는 일로 말입니다. 이리 가만히 있느니, 전하께 청이라도 넣어보는 게 낫지 않습니까."

뜻밖의 계책에 광해는 반색했으나 선뜻 따를 수는 없었다. 그러나 강경하면서도 애절한 윤두수를 외면할 수 없어 승낙했다.

"뜻대로 하십시오. 허나, 결코 윤허치 않으실 겁니다."

작미법 시행으로 백성들의 칭송이 높아졌으며 국고도 늘어나고 있다는 상소를 여러 차례 받고 기분이 좋아진 선조는 윤두수의 비밀 서찰을 받고는 무릎을 딱, 쳤다.

왜적이 긴장을 풀고 남해에 웅크리고 있는 지금, 도원수 권율로 하여금 육지에서 공격하게 하고, 바다로 도망쳐 나오는 왜적을 이순신이 공격한다면 왜적을 일시에 섬멸할 수 있습니다. 이리하면 왜적이 명과 강화할 일이 사라질 것이니, 부디 윤허하여 주시옵소서. 하옵고, 이 일은 전하와

세자와는 아무 관련 없이 삼도 도체찰사인 신의 이름으로만 감행할 것입니다. 훗날 명이 책임을 묻는다면 신이 목숨을 내어놓겠사옵니다.

결과가 좋으면 왜적을 물리칠 수 있는 데다 강화 협상을 깰 수 있고, 결과가 나쁘면 모든 책임을 광해에게 뒤집어씌우면 그만이었다. 어떤 경우에도 손해를 볼 일이 아니었기에 즉각 승낙을 내렸다. 광해는 도원수 권율과 이순신에게 밀지를 보내 남해안에 있는 왜적을 공격하라 명을 내렸다. 권율은 머뭇거리지 않고 군사를 이끌고 출동했으나 한산도에서 이순신은 윤두수의 서찰을 읽고 생각에 잠겼다.

도원수 권율이 육지에서 공격할 때, 통제사는 바다로 빠져나오는 왜적을 공격해 모두 수장시키시오. 의병장 김덕령도 합류할 것이오.
– 삼도 도체찰사 윤두수

송희립은 이순신을 닮아 신중해야 한다는 입장을 내놓았다.

"바다를 막고 공격하려면 당연히 거제 앞바답니다. 하지만 바다로 나오면 뻔히 당할 것을 아는데, 적이 나올 리가 있겠습니까?"

배흥립裵興立도 같은 의견이었다.

"게다가 우리 판옥선은 아직 100여 척에 불과합니다. 우리가 나간 사이, 적이 먼 바다를 돌아 전라도 해안으로 상륙한다면 돌이킬 수 없게 됩니다. 출정해 봐야 별 성과도 없는데, 나가시면 안 됩니다."

평소 작전이나 전략에 대해서는 말이 없던 이봉수가 입을 열었다.

"화약이나 만지작거리는 소인이 한마디 해도 되겠습니까?"

이순신은 그를 빤히 바라보다가 다정하게 일렀다.

"이 자리는 자격을 가지고 논하는 자리가 아니니 편히 말해 보게."

"손바닥도 부딪혀야 소리가 난다고, 우리 함선에서 대포를 쏘아 봐야 적이 나오지 않으면 헛발질에 불과합니다. 너구리굴에서 너구리를 나오게 하려면 화끈하게 불을 때야지, 장작 한 개비 가지고 불을 때려 했다간 괜히 아까운 장작만 허비하고 말 것입니다."

역시 공격에 반대하는 입장이었다. 이순신은 고개를 끄덕였다.

"다들 옳은 말일세. 문제는 이것이 삼도 도체찰사 윤두수 대감의 명이라는 것일세."

문득 송희립은 다른 생각이 들었다. 공격 명령의 저의가 무엇인지 궁금해진 것이다.

"혹, 장군님을 의심해서 시험하는 것일 수도 있다는 말씀입니까?"

"시험이 아니라 해도, 이번에 명을 따르지 않으면 내가 통제영에서 행했던 일련의 일들을 오해받을 수 있네. 나 한 사람이 오해받고 문책을 당하는 것은 상관없는 일이네만 자칫 이곳 통제영이제 역할을 못하면, 이 나라는 다시 불바다가 될 것이야."

배홍립이 절충안을 내놓았다.

"명을 따르지 않을 수도 없고, 통제영을 비울 수도 없으니, 함선의 절반인 판옥선 50척만 출정시키시지요."

수군들이 분주하게 출정 준비를 할 때 한 사내가 의병들을 이끌고 찾아왔다.

"전라도에서 온 김덕령金德齡이오. 통제사 어른은 어디 계시오?"

"내가 통제사 이순신이오만."

"반갑습니다. 위명은 귀가 닳도록 들었습니다. 함께 할 수 있어 영광입니다!"

"충용장忠勇將의 위명 또한 내 익히 들었습니다. 반갑소이다."

"충청 병사 선거이宣居怡께서 곧 고성에 도착해 주둔할 것입니다. 우리도 지금 출정하면 될 것입니다!"

"전투는 치러 봐야 결말이 나겠지만 충용장의 용맹을 믿소. 우리 배에 올라 의병들이 힘껏 싸울 수 있게 이끌어주시오."

"반드시 그리하겠습니다."

배홍립이 김덕령과 의병들을 배에 모두 승선시키고 출정 준비가 끝나자 이순신이 결연하게 명을 내렸다.

"전군 출정하라."

명령은 단호하게 내렸으나 쓸쓸하기 그지없었고, 과연 전투다운 전투를 치를 수나 있을지 의구심이 들었다. 적들이 다가온다는 보고를 들은 가등청정은 음흉한 표정을 지었다.

"고이치, 내 말 잘 들어. 우리는 절대 성 밖으로 나가 싸우면 안된다. 지금 강화 협상 중이니까 싸울 필요가 없다. 알겠나?"

이순신의 함대는 거제 앞바다 장문포까지 출격했으나 정박한 왜선은 두 척뿐이었다.

"왜선이라곤 두 척밖에 보이지 않습니다. 분명 우릴 봤을 텐데, 아예 바다로 나올 생각이 없는 것 같습니다. 어찌할까요?"

이순신이 잠시 고민에 빠지자 김덕령이 팔을 걷어붙였다.

"안 나온다면 쳐들어가야지요. 우리 의병이 상륙하겠습니다."

전투는 그러한 의기만으로 승리할 수 없음을 잘 아는 이순신은 만류했다.

"그걸 기다리고 있을 겁니다. 육전에서는 아무래도 조총을 지닌 왜적이 유리하지요. 우리가 상륙해 공격하길 바라는 겁니다. 더구나 아래쪽에서 위쪽의 성을 공격하는 우리는 더욱 불리합니다."

"적은 나오려 하지 않고, 상륙해 공격하기도 힘들고……. 허면 어찌합니까?"

"아군의 사상자를 낼 필요 없습니다. 지켜보다가 바다로 빠져나오는 적이 없으면 돌아가야지요."

"여기까지 와서 돌아갈 수는 없습니다. 그리고 반드시 공격하라는 명령이 있었고요. 상륙시켜 주십시오! 이곳까지 왔는데 왜적 목을 몇 개라도 반드시 가져가야겠습니다."

김덕령은 이순신의 만류를 뿌리치고 의병들을 이끌고 거제도에 상륙해 산속으로 진격해 나갔다. 조선군이 분명히 오리라는 것을 예측한 왜적들이 어둠 속에서 조총을 겨누고 있었지만 김덕령이 알 리 없었다. 가등청정은 소나무 숲에서 어른거리는 그림자들을 정녕 바보라 생각했다. 적들이 우글거리는 곳에 상륙하면 패배가 빤할 것이거늘 그걸 모르는 것인지, 알면서도 무모하게 공격을 감행하는 것인지 이해가 되지 않았다. 그러나 어떤 경우든 자신이 불리한 상황은 아니었다. 풀숲 사이로 움직이는 조선 병사들을 보며 나직이 중얼거렸다.

"설마 이순신이 상륙을 했을까."

부관이 가등청정 옆에서 침을 꿀꺽 삼켰다.

"만일 저놈들 사이에 이순신이 있고, 장군께서 이순신을 죽인다면, 우리 일본 역사에 길이 남게 될 것입니다."

"그렇게 되는 건가……. 적의 공격이 있어도 내 명이 있을 때까지 꼼짝하지 말라고 해!"

김덕령은 풀숲에 낮게 엎드려 성을 살폈다. 어둠에 잠긴 성에는 인기척이 없었다. 분명 깊은 잠에 들었을 것이었다.

"활을 쏘아라."

명령과 동시에 불화살이 어둠을 가르며 일제히 성 안으로 넘어갔다. 그러나 아무런 반응이 없었다. 외침도 없었고 말 우는 소리도 들리지 않았다. 긴가민가하며 김덕령은 천천히 앞으로 나아갔다.

탕.

소리와 함께 갑자기 총알 하나가 날아와 앞서 걷던 의병의 목을 정확히 꿰뚫었다. 컥, 비명과 동시에 조총이 일제히 불을 뿜었다. 아차 싶은 김덕령은 거세게 '퇴각하라!' 소리쳤지만 이미 늦었다. 성 아래에 매복해 있던 왜적들은 파도처럼 밀려들며 조선군들을 죽이기 시작했다.

장문포 해전은 수륙 합동작전이었으나 조선의 피해가 컸고 이순신은 왜선 두 척만을 격침시켰을 뿐이었다. 그것은 승전이라 할 수 있으나 육지에서는 명확한 패배였다. '전력을 더 갖추어 방비한 후 왜적과 싸워야 한다'는 류성룡의 의견이 옳았음이 입증되었고, 선조는 패배의 책임을 물어 무군사를 폐지했다.

13.
훗날의 단초가 된
원균의 음모

오랜 기다림 끝에 평의지와 소서비탄수는 만력제를 알현했다.
조선-왜-명의 강화 협상에서 자칫 쫓겨날 뻔했던 석성은 만력제의
눈치만 보았다. 풍신수길의 항표를 읽으면서 '황제가 가짜 항표임
을 알아채지 못하기'만을 바랐다.

"본시 일본은 조선을 통해 일본이 명나라의 백성이 되고자 하는
마음을 명나라에 전달하려고 했던 것인데 조선이 이를 묵살하는
바람에 본의 아니게 군사를 일으키는 지경에까지 이르렀습니다. 이
에 이 항표를 바치오니 황상께서 풍신수길을 제후국의 왕으로 책
봉하시고, 변방의 신하로서 공물 바치는 것을 허락해 주신다면, 일
본은 조선의 영토를 반환하고 물러갈 것……."

만력제가 읽기를 중단시켰다.

"잠깐! 항복을 받아 주면 영토를 돌려주겠다? 이놈들 봐라! 항복에 조건을 걸어? 네 이놈! 지금 거짓 항표로 짐을 농락하는 것이렷다!"

부들부들 떨며 평의지가 대답했다.

"거, 거짓 항표가 아닙니다."

"항복했으면 응당 군사부터 물리는 것이 순서이거늘 봉공封貢을 허락하면 조선 땅을 반환하겠다? 그럼 봉공을 허락지 않으면 다시 전쟁을 하겠단 얘기냐?"

"아, 아니옵니다……."

"너희 왜놈들이 조선을 짓밟은 걸 생각하면 지금 당장 100만 대군을 이끌고 네 땅으로 쳐들어가 박살을 내도 시원치 않아!"

꾸욱 참다가 석성이 평의지를 두둔했다.

"고정하시옵소서. 설마 항복문서를 들고 와서 거래를 하려 하겠습니까. 처음부터 명나라의 백성이 되고자 군사를 움직였다지 않습니까. 왜의 입장에서는 봉공을 윤허 받았다고 해야 군사들에게 철수시킬 명분이 서지 않겠습니까. 허니 봉공을 허락하시어 왜인들이 본토로 돌아가게 윤허하여 주시옵소서."

"그런가? 좋소. 내 항표는 받지. 허나, 조공은 안 돼!"

평의지는 당황했다. 조공을 하지 말라는 것은 배를 타고 명나라

근처에 얼씬도 하지 말라는 뜻이며, 그것은 일본국을 하나의 나라로 인정하지 않겠다는 것이다. 그렇게 되면 풍신수길이 왕이 될 수 없다는 뜻이었다. 설사 풍신수길이 왕이 된다 해도 조공을 하지 못하면 일본국의 위세와 문물을 보여줄 기회는 차단되는 것이었다. 만력제는 평의지를 꾸짖었다.

"해금정책으로 바다를 막았는데도 연해지역에 해적들이 끊이질 않아. 이게 다 너희 왜구들 때문이야. 조공을 허락하면 공물을 바친다고 왜놈들 배가 들락날락할 텐데 그러다 보면 그 틈을 이용해서 더 노략질을 할 것 아냐! 돌아가거든 풍신수길에게 분명히 전하거라. 이제 왜국은 명의 속국이니 조선에 주둔하고 있는 군대를 완전히 철수시키고, 사이좋게 지내라고 말이야. 알겠느냐!"

평의지는 어쩔 수 없이 고개를 조아렸다.

"네……. 황상의 뜻을 받들겠습니다."

왜국이 명의 제후국이 되든 되지 않든 전쟁만 끝나고 자신이 직위만 유지하면 되었기에 석성은 차후의 문제를 해결해야 했다.

"책봉사를 왜국으로 보내기 전에 왜국 사정을 잘 아는 심유경으로 하여금 조선에 있는 왜군을 철수시키게 하시옵소서."

만력제가 눈을 둥그렇게 떴다.

"심유경? 짐이 안 죽였던가?"

"지금 감옥에 있습니다."

"명이 긴 녀석이군. 그럼 그 작자를 보내도록 하시오."

그런 사정을 까마득히 모르는 풍신수길은 나고야 성의 황금다실에서 이제 갓 첫돌이 지난 습환拾丸(히로이마루, 도요토미 히데요리豊臣秀賴의 아명)을 안고 흐흐 웃음을 지었다.

"요 녀석, 웃는 거 봐라. 흐흐. 히로이마루, 너는 아프면 안 된다. 너는 절대 쓰루마츠처럼 이 애비 곁을 먼저 떠나면 안 돼. 너는 나를 이어 대제국을 건설해야 해."

요도가 떠보듯 슬며시 말했다.

"태합 전하, 후계자는 엄연히 히데쓰구豊臣秀次 관백이십니다. 혹여나 히데쓰구 님이 들으면 섭섭해 할 것입니다."

영녕이 그런 정전을 노려보았다.

"말조심 하거라. 히데쓰구 님은 그런 분이 아니시다. 태합 전하께서 히로이마루를 후계자로 정하시면 분골쇄신하여 도울 분이야."

그때 전령이 조심스레 들어와 전전리가에게 서찰을 건넸다. 오비이락은 이를 두고 하는 말 같아 전전리가가 깜짝 놀라 말했다.

"히데쓰구가 모반을 꾀하고 있다 합니다. 강화 협상이 지지부진해지면서 오랜 전쟁에 군사를 내준 영주들이 히데쓰구를 중심으로 결집하고 있는 것 같습니다."

아기를 어르던 풍신수길의 손이 일순 멈추었다. 불호령이 떨어지기 전에 사태를 수습할 요량으로 전전리가는 풍신수차를 두둔했다.

"모반에 대한 명확한 증거는 아직 없습니다. 히데쓰구 님에 대한 모함일 수도 있으니 신중하게 살펴보셔야 합니다."

"모반의 증거를 남길 바보가 어딨나? 난 히데쓰구가 이해가 돼. 히데쓰구는 날 아주 잘 알거든. 요도가 딸을 낳았으면 모를까, 히로이마루를 낳은 이상 내 후계자는 자신이 아니라 히로이마루가 되리란 걸 알고 있는 게야. 그리고 전쟁에 대한 불만 세력들을 모아 선수를 치려는 것이지. 네가 은밀히 교토로 가서 히데쓰구가 모반했다는 증거를 확실히 가져와! 내가 없애려 하는 건 히데쓰구가 아니라 전쟁에 반대하는 영주 놈들이야. 아직 조선도 먹지 못했는데, 어떻게 전쟁을 끝내라는 것이야! 내 뜻을 꺾으려는 놈들은 절대 용서 못해!"

풍신수차는 모반의 뜻이 없었음에도 풍신수길의 노여움을 사 1595년 7월 8일 고야산高野山으로 추방되었다. 겨우 목숨이라도 부지할까 싶었으나 7월 15일에 할복을 명령받아 결국은 한 많은 세상을 떠나고 말았다. 향년 28세로 살아생전 '관백' 칭호를 받기는 했어도 그가 이룬 것은 아무것도 없었다.

이룬 것 없기로 따지자면 광해도 벗어날 수 없었다. 분명 선조의 밀명을 받고 장문포 전투를 치렀음에도 패배의 책임을 물어 무군사가 폐지되었고 한성으로 올라온 지 얼마 되지 않아 인신印信마저 압수당했다. 대신들의 반대에도 불구하고 선조는 얄궂은 웃음으로 대신했다.

"무얼 그리 놀라오. 폐세자 한다는 것도 아니고, 잠시 세자의 인신을 보관하겠다는 것인데."

류성룡은 별다른 반대를 하지 않았으나 광해를 따르는 대신들은 격하게 반대했다. 유조인의 선동으로 유생 수십 명이 행궁 앞으로 몰려들어 시끄럽게 항변했다.

"세자는 죄가 없습니다! 좌상 윤두수의 허물을 덮고자 나선 것이 어찌 죄가 될 수 있겠습니까! 죄인은 명을 내린 좌상 윤두수와 무모하게 명을 따른 권율과 이순신입니다. 이들에게 죄를 물으시고 폐세자의 뜻을 거두어 주시옵소서! 세자를 폐하신다면 신들은 모두 사직하고 조정을 떠날 것입니다. 뜻을 거두어 주시옵소서."

항변이 계속되자 이봉정이 선조의 명을 전했다.

"어서들 물러가시오. 전하께서 대노하셨습니다. 계속 이러시면 모두 파직시키신다 하셨습니다."

기다렸다는 듯 유조인이 벌떡 일어났다.

"파직? 파직이라 했는가?"

"네. 그렇사옵……"

유조인은 품에서 사직서를 꺼내 이봉정의 손에 덥석 쥐어주었다. 이를 본 대간들이 차례로 사직서를 건네고는 자리에서 일어나

홀홀 돌아섰다. 기가 막힌 선조 앞에서 이봉정이 안절부절못하며 주절거렸다.

"많은 대간들이 홍문관과 예문관의 학사를 겸직하고 있는데, 지금 이들이 없어 전하의 교지를 작성할 자가 아무도 없습니다. 그리고 승정원의 승지들도 대간들과 뜻을 함께 하려는 움직임이 있습니다. 그리되면 왕명은 누가 전한단 말입니까!"

대간들의 잇단 사직에 당황하는 선조에게 해결책을 내민 사람은 장본인인 광해였다. 음흉하기로는 아버지 못지않은 광해는 지금까지 머리를 조아리던 태도와 달리 뜻밖의 제안을 들고 나왔다.

"명나라에 책봉사를 보내, 황상의 명으로 신을 세자로 책봉케 해주시옵소서."

광해는 이번 사태를 뒤집어 자신의 입지를 확실히 굳히려 했다. 분명 선조가 거절할 것이라 예측했지만 의외로 선조는 세자 책봉 주청사를 명에 파견했다. 그러나 만력제는 아무런 답도 보내지 않았다. 선조는 만력제가 맏아들 주상락朱常洛과, 정귀비鄭貴妃가 낳은 주상순朱常詢 사이에서 갈피를 잡지 못하고 있다는 것을 이미 알고 있었다. 그런 마당에 조선의 세자를 책봉하는 일은 있을 수 없었다. 그러기에 선조는 쾌히 주청사를 명에 파견했고, 아무런 답도 없음을 이유로 광해를 홀대했다. 기 싸움에서 또 한 번 선조가 이긴 것이었다.

한편 윤두수는 장문포 해전의 책임을 지고 좌의정에서 물러났다. 내친 김에 선조는 이순신을 강하게 힐책했다.

그대는 삼도 수군을 이끄는 통제사로서 팔짱만 끼고 왜적을 물리칠 계책도 의지도 보이고 있지 않으니 과인의 실망이 크다. 앞으로도 계속 그러하다면 장차 불구대천의 원수들은 어느 세월에 물러간단 말인가. 통제사는 부디 왜적에 대한 분심을 잃지 말고 칼을 갈며 지내야 할 것이다.

이순신은 서찰을 내려놓고 깊은 한숨을 내쉬었다. 반은 맞는 말이고 반은 틀린 말이었다. '왜적을 물리칠 계책도, 의지도 보이고 있지 않으니'는 틀린 말이었고, '왜적에 대한 분심을 잃지 말고 칼을 갈며'는 맞는 말이었다. 문제는 이 서찰이 지엄한 어명이라는 사실이었다. 그 고민을 모르는 듯 이군관이 씩씩거렸다.

"이 모두가 경상 우수사 원균元均이 올린 장계 때문입니다. 어찌 원 수사가 통제사께 이럴 수 있단 말입니까!"

송희립도 나섰다.

"당하고 있을 수만은 없습니다. 이는 우리 수군을 분열시키는 행위입니다. 당장 원 수사를 불러 혼쭐을 내십시오!"

"됐네. 물러들 가게."

이순신은 원균을 믿고 싶었다. 그는 뛰어난 장수였고 자신보다 먼저 벼슬에 나아간 총명한 인재였다. 임진란이 터졌을 때 영남 우수사였던 원균은 '왜선 90여 척이 와서 부산 앞 절영도에 정박했다'. '부산진이 이미 함락되었다'는 통문을 신속히 보냈으며, 전투가 벌어지면 앞서 나가 싸웠다. 그러나 시일이 지날수록 용렬한 성격이 드러나고 군무보다는 출세를 위한 처세에 몰입하기 시작했다. 오죽했으면 이순신이 일기에 이렇게 기록했을까.

보고도 못 본 체하고 끝내 구하지 않았으니 그 괘씸함을 이루 표현할 길이 없다. 참으로 통분하다. 한심스럽다. 오늘의 통분함을 어찌 다 말하랴. 모두 경상 우수사 원균의 탓이다. 원균의 흉악하고 음험함이 이루 말할 수가 없다. 이영남李英男**, 이여념**李汝恬**이 와서 원균의 비리를 들으니 더욱더 한탄스러울 따름이다.**

이순신은 골똘히 생각하다가 한 번쯤은 원균을 불러 진지하게 이야기할 필요가 있다고 생각했다. 조촐한 술상을 가운데 두고 벌어진 대화는 처음에는 서로에 대한 예의를 지키면서 시작되었으나 몇 잔이 돌기도 전에 언성이 높아졌다.

"원 수사, 그대나 나나 평생을 전장에서 굴렀던 사람이오. 적이 성을 짓고 웅크리고 있는 한 우리 수군만으로는 왜적을 치기엔 벅차다는 건 초급 장교도 아는 일, 이를 가지고 우리 통제영이 싸울 의지가 엿보이지 않는다고 장계를 올린다는 것은 수군을 스스로 욕보이고 분열시키는 일이 아니고 무엇이오! 이 사람에게 사감을 가지고 있는 건 알지만 왜적을 눈앞에 두고 이래서는 안 되는 것이오!"

원균은 입가에 비웃음을 가득 지었다.

"장문포 앞바다에서 적극적으로 나서지 않은 것은 사실 아닙니까! 무릇 명을 받은 장수라면 그것이 결과적으로 잘못된 명이었다 해도 따르고 볼 일입니다. 허나, 통제사께서는 좌상의 명이 잘못된 거라 생각하셨기에 싸울 의지를 보이지 않았던 게 아닙니까!"

"전장 상황은 그곳의 장수가 가장 잘 아는 법! 허면 원 수사는 적의 계략에 걸려드는 일임을 뻔히 알고도 부하들을 모두 죽게 두겠단 말이오!"

"우리가 죽을지 적이 죽을지 그 결과를 어찌 예단한단 말입니까! 그건 오직 하늘만이 아는 일입니다!"

"궤변 늘어놓지 마시오. 하늘만이 아는 일 같으면 장수가 무엇에 쓰려고 병법을 공부하고 군사들을 훈련시킨단 말이오. 내 오늘은 그냥 넘어가겠소만 다시 한 번 수군을 분열시키는 행위를 한다면 그땐 내 원 수사를 왜적과 다름없는 적으로 생각할 것이오!"

술이 꼭대기까지 오른 원균이 주먹을 흔들어댔다.

"지금 이 사람을 겁박하는 겁니까! 오호라! 지금 통제사의 뒷배를 봐주는 류성룡 대감이 조정을 쥐락펴락하니, 무서울 게 없겠지요."

이순신은 더 이상 할 말이 없었다.

"갈수록 가경이구려. 당장 돌아가시오."

두 사람의 만남과 말다툼은 즉각 조정 대신들의 귀에 들어갔다. 평소 이순신을 믿고 자신보다 여덟 살이나 어림에도 출중한 무예와 충정을 흠모하는 권율은 두 사람의 알력이 걱정되었다.

"참으로 심각합니다. 이순신과 원균의 불화를 모르는 자가 없을 정도니."

이덕형도 근심이 한 가득이었다.

"힘을 합심해도 모자랄 판에 자중지란이라니. 둘을 떼어놓고 싶은데, 이순신은 삼도 수군을 지휘하는 통제사니 그 자리를 비우면 안 되겠고, 원균을 체직시키자니 류 대감이 이순신을 비호한다는 비판을 들으실 테고."

이항복이 팔을 걷어붙이고 나섰다.

"제가 전하께 주청 드리지요. 원균을 충청 병사로 체직시키라고."

별다른 과실이 없음에도 수군 장수를 육지군으로 보내는 것은 전례가 없었으나 선조는 이순신의 무공을 인정해야 했다. 전란 이후 이순신이 없었다면 조선은 무너졌을 것이었다. 독단적 성격이 있는 것은 사실이지만 이순신은 여전히 필요한 인물이었다. 원균은 충청도로 떠나면서 이를 부드득 갈았다. 그 원한이 훗날 어떤 형태로 나타날 것인지는 류성룡도, 선조도, 이순신도 알지 못했다.

14.
모든 개혁에는
장애물이 있다

가등청정은 온몸이 근질근질했다. 비육지탄髀肉之嘆의 참뜻을 깨닫는 중이었다. 시원하게 전투를 하든지, 강화 협상을 맺어 본국으로 돌아가든지 둘 중 하나 결단을 내리고 싶었다. 부장을 불러 은밀히 지시했다.

"내가 한방에 강화 협상을 끝내겠다. 고니시가 눈치 못 채게 당장 조선과 협상할 수 있는 줄을 알아봐라!"

그 '줄'은 이어지고 이어져서 류성룡에게 전해졌다. 류성룡은 비변사 회의실에서 권율이 건넨 서찰을 받아들고 깜짝 놀랐다.

"이게 정말 가등청정이 보낸 서찰이란 말이오."

"그렇습니다. 조선이 직접 자신과 강화 협상을 하자는 겁니다.

아무래도 소서행장과 심유경 사이의 강화가 늦어진다 싶어 나선 것 같습니다. 또한 가등청정과 소서행장의 사이가 좋지 않다는 것은 모두가 아는 사실입니다."

잠깐 망설이다가 류성룡은 쾌히 승낙했다.

"가등청정과 만나는 게 좋겠소."

밀명을 받은 유정대사惟政大師가 울산성을 찾아가 가등청정을 만났다. 만면에 너그러운 웃음을 지으며 가등청정은 어설프게 합장을 했다.

"어서 오십시오, 스님! 조선에서 쉽게 응하지 않을 거라 여겼는데, 정말 놀랐습니다."

"그동안 명과의 협상을 마땅치 않게 여기던 조정이었는데, 장군의 제안을 받고 소승에게 나가보라 한 것입니다."

"앞으로 조선은 이 가토와 협상하면 됩니다. 내가 바로 일본군을 대표하는 장수란 말입니다. 하핫."

"……알겠소이다."

"우리 태합 전하를 자극해 조선을 침략하자고 한 원흉은 고니시라는 놈입니다. 하지만 나는 달라요. 나는 정말 전쟁을 좋아하지 않아요. 그건 함경도에서 이 가토와 협상을 해본 스님이 잘 아시잖습니까?"

"알겠소. 허면 강화 조건을 얘기해 보시오."

"우리 태합 전하께서 이미 고니시와 심유경에게 요구한 사항입니다. 왕자 한 명을 우리 본국으로 보내고, 한강 이남의 4도를 할지해 달라는 겁니다."

유정은 허탈하게 웃었다.

"그게 말이 된다 생각하시오."

"왜 말이 되지 않습니까. 우리는 이미 한성을 비워주고 한강 이북의 땅을 돌려주었습니다. 그리고 우리도 조선 땅에서 많은 피를 흘렸습니다. 뭔가 남는 것이 있어야 할 것 아닙니까."

"알겠소. 내 조정에 전하겠소."

"고맙습니다. 내 이번 강화만 잘 타결되면 스님께 많은 은자를 공양하겠습니다."

"그냥 물러가면 소승이 장군의 내생을 기원해 드리지요."

유정은 과연 가등청정이 그 뜻을 알까 의구심이 들었으나 굳이 깨우쳐 주지는 않았다. 선조는 '할지'라는 말에 펄쩍 뛰었다.

"심유경과 소서행장의 조건 또한 할지였다는 말이오?"

"그렇습니다."

유정은 그것은 큰 걱정거리가 아니라고 생각했다. 할지는 저들의 요구일 뿐 어차피 논의의 가치조차 없다는 것을 잘 알기 때문이었다.

"일고의 가치도 없습니다만, 어쨌든 소서행장과 가등청정이 반목하는 건 참으로 잘된 일입니다. 또 이제라도 저들의 밀약을 알게 되었으니 방비하면 될 일입니다. 이는 명 조정에서도 받아들이기 어려운 사안입니다."

그때 이봉정이 불안한 목소리로 아뢰었다.

"심유경이 한성에 도착했다 합니다."

"심유경? 그자는 하옥되었다 하지 않았나?"

"다시 풀려나 사신으로 오고 있다 합니다."

심유경은 예전과 달리 거짓으로 강화 협상이 진행되었음을 솔직히 고백했다. 그러면서도 조선의 무능과 안이함을 통렬히 비난했다.

"소서행장과 할지 논의를 한 것은 사실입니다. 허나, 그건 어디까지나 풍신수길을 속이기 위한 계책이었습니다. 왜국 사신은 우리에게 항표를 바쳤고, 황상은 풍신수길을 일본 왕으로 책봉하기로 했습니다. 허나, 조선을 생각해 조공은 받지 않기로 하셨습니다. 내 진심으로 조선을 위해 충고 하나 하겠습니다. 지금 전쟁과 기근으로 백성들은 먹을 것이 없어 인육을 먹는 처지에까지 이르렀다 합니다. 도대체 이런 판국에 전쟁을 이어가는 것이 옳단 말입니까? 왜적에게 복수하려는 마음이야 당연한 것이지만, 무릇 나라와 백성을 생각하는 지도자라면 백성부터 살리는 게 도리 아니냔 말입니다!"

그 말에 아무도 변명하지 못했다. 냉철한 류성룡도 임금인 선조도 입을 다물었다. 심유경은 이때다 싶어 마구 퍼부어댔다. 감옥에 간혔던 분풀이를 하려는 것 같았다.

"그리고 하나 더. 명은 더 이상 병력과 군량을 동원하기 벅찬 상황입니다. 황상께서 강화를 결정한 데에는 이런 현실적 이유가 있습니다. 한데, 조선은 아무런 힘도 없으면서 계속 명군이 싸워줄 것이라 믿고 있으니 어찌 한심한 일이라 하지 않을 수 있습니까? 복수에 눈이 멀어 스스로 힘을 키울 계책을 마련하지 않았다간 결국 나라가 망하고 말 것입니다."

말을 마치고는 선조와 대신들의 얼굴을 비웃음을 가득 안고 천천히 훑어보았다.

"이제 이 사람은 남해안에 있는 왜군들을 철수시키기 위해 이만 내려가 보겠습니다."

심유경이 자리를 털고 일어난 한참 후까지 편전은 무거운 침묵에 잠겼다. 이윽고 선조가 한숨을 내쉬고는 넋두리를 했다.

"정녕 복수해 보지도 못하고 왜적을 돌려보내야 한단 말인가?"

류성룡은 그보다 더 미래를 걱정했다.

"강화는 성사되지 않을지도 모릅니다. 재침할 수도 있습니다."

"재침? 또 쳐들어온단 말이오? 방비책은 있소?"

방비책이 있을 리가 없기에 대신들은 비변사에 모여 며칠 동안 골머리를 앓았다. 갑론을박 끝에 방안이 마련되자 이덕형이 나서 보고했다.

"우선 두 가지 방안을 찾았습니다. 하나는 기근에 시달리는 백성을 살리는 길이 곧 강군을 양성하는 길이라 사료되어 대량의 소금과 쌀을 생산하는 것입니다."

"전란으로 황폐화된 땅에서 소금과 쌀을 대량 생산할 수 있겠소?"

"못할 게 없습니다. 방안은 여러 가지입니다."

"그 방안이 무엇이든 즉각 실시토록 하시오. 또 하나는 무엇이오?"

"실제적인 군사 증강 문제입니다. 중앙에는 훈련도감을 통해 좋은 인재들이 양성되고 있으나, 지방은 여전히 힘없고 가난한 양인들만으로 군대가 이뤄지고 있습니다. 진정 강군이 되려면 양반과 서얼, 향리, 공천, 사천 할 것 없이 장정은 모두가 참여하는 속오군束伍軍을 편성해야 합니다!"

설명이 끝나자 류성룡이 힘을 주어 간청했다.

"일체의 신분을 따지지 말고 장정 모두를 군적에 포함시켜야 합니다."

선조는 도리질을 했다. 실시하기 어려운 사안이었고, 법이 만들어진다 해도 작미법처럼 양반들의 항의가 거셀 것이었다.

"정녕 이렇게까지 해야 하오? 면천법, 작미법까지 양보한 사대부 양반들에게 병역까지 지게 한다면 그야말로 사대부와 양인의 차별은 없어지는 것이오!"

"태조대왕께서 나라를 열 때부터 군역은 신분을 가리지 않고 누구나 져야 하는 신성한 의무였습니다. 허나, 세월이 흐르면서 양반은 다른 사람을 고용해 군역을 지게 하는 불법을 저질러 왔고, 마침내는 이러한 불법이 자연스러운 추세가 되어 중종대왕 시절 합법화되기에 이르렀습니다. 어찌 나라를 지키지 않는 양반들이 지도자라 할 수 있고, 또한 그에 불만을 가지고 있는 양민들이 어찌 나라를 위해 목숨까지 바치며 싸우려 하겠습니까? 전란 초기에 군사들이 모두 도망간 것은 이 때문입니다. 속오군은 반상의 질서를 깨는 것이 아니라 원래대로 되돌리는 일입니다."

"이러다간…… 이러다간 전란이 끝나기도 전에 양반들이 칼을 들고 궁으로 들이닥칠까 두렵소!"

'두렵소'를 끝으로 더 이상 말이 없었다. 소금과 쌀의 증산 방안은 곧바로 시행되었으나 속오군은 차일피일 미뤄지기만 했다. 이덕형은 틀렸다고 생각했다.

"전하의 비답이 너무 늦어지는 것이 아무래도 속오군까지 받아들이지는 않으실 듯합니다. 사실 주상께서 최근의 개혁들을 받아들이신 것만 해도 기적이었습니다. 그러니 속오군은 시일을 두고……."

"그 기적, 마무리해야지. 칼을 빼 썩은 동아줄을 자르고 있는데, 거의 다 잘랐다고 몇 가닥 남기고 칼을 거두면 되겠는가. 게다가 그 동아줄은 신기하게도 잠시 칼을 빼두면 금세 다시 붙어버린단 말일세. 완전히 잘라내야지."

그때 이항복이 다급히 들어왔다.

"윤허하셨습니다. 속오군을 윤허하셨습니다."

강군의 방안을 마련한 동인 대신들은 기뻐했으나 유조인은 앙앙불락이었고 역시나 양반들의 거센 항의가 이어졌다. 그러나 임금의 윤허를 받은 법이었기에 을미년(1595), 속오군은 전국적으로 실시되었다. 면천법과 작미법에 이어 일체의 신분을 따지지 않고 모든 장정이 군역을 지게 한 속오군 제도로 개혁은 정점을 찍었으나 그만큼 류성룡을 증오하는 세력도 늘어났다.

부산포 왜군 진영에 당도한 심유경은 거두절미하고 소서행장을 다그쳤다. 은밀히 말할 필요도 없었고 밀약을 맺을 필요도 없었다. 여차 하면 목이 달아날 판국에 이제 협상 같은 것은 생각조차 하기 싫었다.

"명의 책봉사가 일본국으로 건너가기 전에 군사를 모두 철수시키시오."

그러나 소서행장은 그럴 마음이 전혀 없었다. 애초부터 전쟁보다는 협상을 원하는 그였기에 풍신수길을 설득할 수 있는 조건이 필요했다.

"우리 주군을 설득하려면 책봉만으로는 안 되오. 거짓으로라도 우리가 군대를 물리면 그때 조선을 할지하겠다는 황제의 뜻을 보이시오. 우리 일본에는 모든 외교문서를 작성하고 보고하는 사이쇼 조타이西笑承兌(서소승태)라는 스님이 계시오. 그 스님을 끌어들이겠소."

심유경은 갈대처럼 마음이 움직였다. 풍신수길이 쉽사리 철군하지 않을 것임을 알기에 어쩔 수 없이 또 한 번 거짓말을 해야 했다.

15.
의병장의
억울한 죽음

좌의정에서 물러난 윤두수에게 동생이 있었으니 윤근수尹根壽였다. 임진난이 일어나자 예조판서로 기용되었으며, 문안사問安使, 원접사遠接使, 주청사 등으로 여러 차례 명나라에 다녀왔다. 당사자는 학식이 높고 충정심이 깊었는데 하인 중 하나가 김덕령 휘하에서 종사하다가 탈영을 했다. 그의 행방을 캐기 위해 종의 아비를 붙잡아 매를 쳤는데 운이 없었던지 그만 죽고 말았다. 김덕령은 그 죄를 물어 포도청으로 압송되었으나 권율 밑에서 의병활동을 한 점이 인정되어 선조의 아량으로 무사 방면되었다.

이후 김덕령은 장문포 전투에서 수하들을 잃었지만 실의에 잠기지 않고 다시 의병들을 모았다. 7월의 뜨거운 어느 날, 그들을 훈런시키려 집 밖으로 나오려 할 때 별안간 화살 하나가 날아들어 기둥에 박혔다. 화살 끝에 매달린 종이를 펼쳐보니 이몽학李夢鶴의 격문이었다.

우리가 무엇 때문에 목숨 걸고 왜적과 싸웠는가. 이 땅에 쳐들어온 왜적을 물리쳐 부모형제와 마음 편히 살고자 함이 아닌가.

명백한 반란이었다. 어찌할까 주저할 때 홍산鴻山(지금의 부여) 저잣거리에는 부웅, 나각 소리가 요란했다. 그 소리를 듣고 피폐한 백성들이 몰려들었다. 이몽학은 '안민安民' 깃발을 세우고 반란군을 이끌며 백성들을 선동했다.

"작금의 민생은 파탄 나고 왜적이 물러간 자리에 굶주림과 역병으로 죽은 부모형제의 시체가 나뒹굴고 있다. 그런데도 어리석은 임금과 조정 소인배들의 악행이 그칠 줄 모르니 나는 도저히 이대로 두고 볼 수 없다. 옛말에 이르길 천하를 이롭게 하는 자는 하늘이 길을 열어준다 했다. 그러니 나라를 바로 잡고, 왜적의 침입을 막을 자 망설이지 말고 나를 따르라!"

그 말에 이끌려 따르는 백성들이 순식간에 700여 명에 이르렀다. 그 숫자는 송유진보다 못했으나 세력은 훨씬 강성해 홍산현, 임천군, 정산현, 청양현, 대흥군, 서산군, 홍주목이 삽시간에 반란군의 수중으로 떨어졌고 숫자도 1만여 명으로 늘었다. 류성룡은 이덕형이 가져온 '반란'이라는 소식에 가슴이 철렁 내려앉았다.

"이번엔 어딘가?"

"충청도 홍산입니다. 장교將校로 있던 이몽학이란 자인데 의병을 가장해 반란군을 규합했다 합니다."

"서둘러 비변사를 소집하게."

"그런데 장계에 이런 격문이 붙어 있습니다. 이몽학이 각 지역의 의병장들을 선동하기 위해 보낸 글입니다.

"의병장까지 선동했단 말인가?"

"이 격문이 저에게도 왔습니다. 곽재우나 김덕령 같은 의병장의 이름을 팔아 순진한 백성들을 반란군에 끌어들이려는 것 같습니다."

선조는 반란의 뒤에 의병장이 있다고 믿었다. 전란 초에 의병장은 순수한 애국심으로 무기를 들었으나 시일이 지나면서 사병화가 되었고 그 칼끝을 왜적이 아닌 조정, 즉 임금에게 돌리고 있다고 의심했다. 류성룡은 선조의 의심을 풀어주어야 했다.

"의병장들이 연루되었다는 물증은 없습니다. 이몽학의 술책일 가능성이 높습니다."

"아니오. 반란에 가담했을 수도 있소. 내 예전에 곽재우가 의병이랍시고 관아 군기고를 털고, 관군을 업신여길 때부터 알아봤소. 그래서 관군으로 편입시켜야 된다 하지 않았소! 무리를 지으면 도적이 될 수도 있단 말이오. 결국 이렇게 반란을 일으키지 않았소."

이항복이 재빨리 나서서 김덕룡의 무고를 일깨워주었다.

"도원수 권율의 장계가 올라왔습니다. 곽재우와 김덕령은 반란에 가담치 않았다 합니다."

"그렇다면 다행이지만……. 어서 빨리 반란군을 토벌하라 하시오."

비변사에서 이덕형이 추세를 보고했다.

"지금 이몽학은 홍산을 점령하고 정산, 청양을 거쳐 홍주로 향하고 있습니다."

"홍주라면 무장 임득의林得義와 박명현朴名賢이 주둔해 있고, 마침 내포에도 종사관 신경행辛景行이 있으니 홍주의 무장들과 함께 수성케 하시오."

"김덕령도 권율의 명으로 홍주성으로 향한다 했습니다."

이일이 선뜻 나섰다.

"저도 가겠습니다. 이번 반란은 송유진의 난과는 다릅니다. 의병을 가장하고 지속적으로 훈련해 온 자들입니다. 단순한 민병대가 아니라 정예부대나 다름없습니다. 게다가 처음엔 천 명이 안 되던 반란군 수가 이제 1만여 명이 넘는다 하니 김덕령이 나선다 해도 당해내기 어려울 것입니다."

이일이 당도하기 전에 홍주 목사 홍가신洪可臣, 무장 박명현과 임득의, 체찰사 종사관 신경행, 수사 최호崔湖, 충청 병사 이시언李時言,

어사 이시발李時發, 중군 이간李侃이 홍주성을 에워싸고 일전을 벼르고 있었다. 진주에 머물던 김덕령도 반란군을 진압하기 위해 병사들을 이끌고 진군했다. 이몽학은 더 이상의 항전은 어렵다고 판단해 새벽에 몰래 덕산으로 도망치려 했다. 낌새를 눈치 챈 반란군 백성들이 먼저 도망치려 하자 칼을 들고 앞을 막아섰다.

"멈춰라! 탈영하는 자는 모두 목을 벨 것이다."

그러나 반란군은 드세게 항의했다.

"당신이 우릴 속였소. 김덕령 장군이 반란군을 진압하러 온다지 않소!"

"무, 무슨 소리냐! 김덕령 장군은 나와 호형호제하는 사이다! 곧 우리와 합류할 것이다."

"아니오. 김덕령 장군은 반란을 일으킬 분이 아니오! 그리고 합류할 것이면 진작 모습을 보이셨을 것이오. 당신은 지금 우릴 속이고 있소."

이몽학은 더 이상 듣지 않고 항의하던 반란군의 목을 베어버렸다.

"오냐! 맞다. 나는 김덕령 따윈 모른다! 이제 와서 어쩔 것이냐. 네놈들도 다 반란군이다! 도망가 봐야 죽은 목숨이란 말이다. 차라리 나와 함께 왕을 없애고 부귀영화를 누리자."

그러나 그 감언이설에 속을 백성들이 아니었다. 갑자기 떼를 지어 달려들어 이몽학을 공격했다. 호위군사들과 혈투를 벌였으나 김경창에게 뎅겅, 목이 잘리고 말았다. 밤을 새우고 아침 일찍 홍주성으로 향하던 김덕령은 길가에서 이몽학의 패잔병들과 맞닥뜨렸다. 목숨을 잃지 않으려고 패잔병 한 명이 이실직고했다.

"간밤에 내분이 일어나 이몽학을 죽이고 수급을 가져갔습니다."

김덕령은 싱겁게 난이 끝났다는 것을 알고 하늘을 향해 암담한 숨을 토해냈다. 초라한 몰골의 패잔병들에게 너그러이 일렀다.

"모두 고향으로 돌아가거라. 우리도 돌아간다!"

그때 부장이 중요한 사실을 일러주었다.

"이대로 그냥 가면 항명입니다. 이들을 모두 죽이든지 잡아가야 합니다."

"이몽학이 죽었다지 않느냐! 한때는 의병이었던 이들을 내 손으로 죽여야 하겠느냐. 모두 좋은 시절이 올 때까지 숨어 살거라."

이일은 김덕령이 반란군들을 처리하지 않았음을 알자 즉각 그를 체포해 한성으로 압송했다. 그 외에도 압송되어 처형된 사람은 33명이었고 그 자리에서 참수된 반란군은 100명이 훌쩍 넘었다. 의금부에서 취문 도중에 이름이 나온 의병장은 압송된 김덕령을 포함해 최담령崔聃齡, 홍계남洪季男, 곽재우郭再祐, 고언백高彦伯이었다. 여기에는 신경행의 무고가 한몫을 했다. 선조는 윤근수의 하인을 장살시킨 김덕령을 방면시켜 주었는데도 이몽학의 반란군을 놓아주었다는 사실을 용납하지 않았다. 정탁과 김응남이 애써 변명했으나 선조는 아예 외면했고 20일 동안에 여섯 차례의 혹독한 고문 끝에 결국 생을 마감하고 말았다. 그의 나이 서른이었다.

권율에게서 '얻기 어려운 인재'라는 평을 들었던 최담령 역시 모진 고문을 받고 생사가 오락가락했으나 김덕령이 죽기 직전에 "신이 비록 죽습니다만 원하옵건대 최담령은 아무 허물이 없으니 죽이지 마십시오"라고 간청한 덕분에 목숨을 살릴 수 있었다. 또 하나의 다행은 압송되었던 곽재우는 풀려났다는 점이었다. 그러나 고향인 창녕군 도천으로 돌아가 망우정忘憂亭을 짓고 다시는 세상으로 나오지 않았다.

한바탕 피비린내가 지나간 후 유조인은 한 사람을 데리고 광해를 찾아갔다. 이몽학은 반란군의 수괴로서 당연히 죽어야 했지만 김덕령까지 죽인 선조의 처사는 공감이 가지 않았다. 이 일로 의병 활동은 크게 위축되었고, 이덕형 또한 병조판서 자리에서 스스로 물러나지만 이 일이 광해에게 더욱 충성하게 하는 밑바탕이 되었다.

"일전에 세자 저하께 천거하고픈 인사가 있다고 말씀드렸었지요."

광해가 멀뚱하게 바라보자 뒤에 서 있던 사람이 앞으로 나서 공손히 고개를 숙였다.

"전에 광릉 참봉으로 있었던 이이첨李爾瞻이라 하옵니다."

유조인이 마저 설명했다.

"남명南冥 조식曺植의 학맥을 계승한 북인 정인홍鄭仁弘의 제자입니다. 아직 말단 한직에 머물러 있지만 별시 문과에 급제한 인재이고, 왜적이 쳐들어왔을 때 목숨 걸고 세조대왕의 영정을 지켜낸 의인입니다. 곁에 두시면 쓰임이 많을 것입니다."

과연 어떤 쓰임이 있을지 광해는 궁금했다.

16.
더 이상의 협상은
없다

바다를 건너 나고야 성에 도착한 심유경은 곧바로 황금다실에서 풍신수길을 만났다. 그 옆에는 전전리가와 석전삼성, 소서행장이 앉았고 심유경 뒤에는 양방형楊邦亨이 자리를 잡았다.

"그대는 어찌 또 왔는가?"

"부사로 임명되어 다시 온 것입니다."

"명 황제는 변덕도 심하구만. 여하튼 이제 전쟁이 끝나는 것인가! 참 오래도 걸렸네. 짐은 평화로운 게 좋아."

전전리가가 정말 그렇다는 듯 아부의 웃음을 띠우면서 맞장구를 쳤다.

"조선 땅을 사이좋게 나누어 다스리면 앞으로 전쟁은 일어나지 않을 것입니다."

"그렇지. 이제 칙서를 읽어보시오."

서소승태가 담담한 표정으로 칙서를 펼쳐 읽었다.

"첫째, 짐은 풍신수길을 일본의 왕으로 봉한다. 둘째, 조공은 허락하지 않는다. 셋째, 조선에 있는 일본군은 한 명도 남김없이 모두 철수시켜라."

순간 심유경은 눈을 감았고, 소서행장은 새파랗게 질렸고, 풍신수길은 눈을 둥그렇게 떴다. 소서행장과 심유경이 거짓말을 해달라고 신신당부했건만 서소승태는 결국 거절한 것이었다. 풍신수길이 빤히 바라보며 물었다.

"뭐야? 그게 전분가? 할지는?"

"그런 말은 없습니다."

"흐흐."

갑자기 냉소를 지으며 넋이 나간 듯 웃기 시작했다. 심유경이 눈을 뜨자마자 풍신수길은 벌떡 일어나 칼을 들어 탁자를 꽝, 내리쳤다. 탁자가 두 동강 나면서 모두의 입에서 짧은 비명이 새어나왔다. 눈을 부라리며 칼을 소서행장에게 겨누었다.

"어떻게 된 거냐? 분명 조선 땅을 나눈다 하지 않았느냐."

"그, 그게…… 분명 그리 들었는데, 대체 어찌 된 영문인지……."

"그토록 오래 싸움을 멈추고 기다렸는데, 겨우 이게 그 결과란 말이냐! 고니시, 아무래도 할복을 해야 할 것 같구나."

말이 끝나기도 전에 칼을 하늘로 치켜들었다. 위협이 아니라는 것을 간파한 전전리가와 석전삼성이 재빨리 붙잡았다. 입에 게거품을 물며 길길이 날뛰는 풍신수길을 보며 심유경은 슬금슬금 기어 방 밖으로 나와 줄행랑을 쳤다. 그날 밤 배를 타고 부산으로 건너와 안도의 숨을 내쉬며 가슴을 쓸어내렸다. 하지만 풍신수길은 다음 날이 되어도 분이 풀리지 않았다.

"명나라 놈들은 내가 제시한 조건에 대해 최소한의 성의조차 보이지 않았어. 오히려 날 능멸한 것이야! 이런 수모를 당하고도 내가 참아야 하는가!"

석전삼성이 부추겼다.

"결코 참아서는 안 되지요. 우리 일본은 이 전쟁을 위해 엄청난 피와 은자를 들였습니다. 만약 아무런 수확 없이 물러난다면 본국으로 돌아온 군사들과 그 가족의 살림은 파탄날 것이고, 영주들 또한 불만이 높아질 것이니 곧 반란으로 이어질 것입니다. 반드시 재침해서 조선을 거머쥐어야 영주들의 불만을 잠재울 수 있습니다."

"그렇지."

"문제는 두 가지입니다. 첫째는 군량미이고, 둘째는 바다를 막고 있는 이순신입니다. 두 가지 문제를 해결하지 않으면 또다시 고전하게 됩니다. 고니시에게 이순신을 제거할 숙제를 맡기십시오."

며칠 후 이항복은 심유경을 따라갔던 황신黃愼이 올린 장계를 보고 경악했다. 심유경이 왜국에 갔다가 사흘이 채 되지 않아 돌아온 데다 입을 꾹 다물고 있는 것에 대해 의구심이 들기는 했어도 설마 조선을 재침하리라고는 예상하지 못했다.

풍신수길은 명의 책봉을 받아들이지 않았고, 대노하여 명 사신과 우리를 죽이려고까지 했습니다. 다시 재침할 것이 분명하오니, 철저히 방비하셔야 할 것입니다.

선조는 기가 막혀 고개를 절레절레 저었다.

"재침이라니 어찌 이럴 수 있단 말인가. 언제쯤 침략해올 것 같소? 규모는 얼마나 될 것 같소? 아니, 그보다 어서 명에 대군부터 청해야 하지 않겠소."

"……."

류성룡이 아무런 대답이 없자 선조는 자신의 한심함을 깨닫고 털썩 용상에 기대며 중얼거렸다.

"내 왜적들을 결코 그냥 보낼 수는 없다 했지만, 한편으론 전쟁이 끝나기를 바랐건만 재침이라니……."

"그리 낙담할 일만은 아니옵니다. 우리 또한 예견을 하고 방비를 하고 있었으니, 임진년처럼 속수무책으로 당하지는 않을 것입니다. 부디 성심을 굳건히 하시옵소서."

"당연히, 당연히 그래야지요. 내가 또다시 파천하는 일은 없겠
지요?"

좌의정에서 물러난 후 중추부판사로 비변사 회의에 참여한 윤
두수는 오히려 태연했다.

"차라리 잘됐습니다. 왜적들에게 당했던 수모를 백 배, 천 배 되
갚아 줄 기회입니다. 당장 하삼도로 우리 군사들을 보내, 부산포를
함락시키고 적들이 이 땅에 발을 붙이지 못하도록 해야 합니다!"

반면 이덕형은 신중론을 폈다.

"누군들 복수할 마음이 없겠습니까. 허나, 왜적 또한 더 철저히
준비해 공격해올 것이 분명하니, 차분하고 냉정하게 대처해야 할
것입니다."

사려 깊은 정탁도 당장 군사를 내려보내는 것에 반대했다.

"그렇습니다. 중앙군까지 모두 남쪽으로 내려보냈다가 행여 잘
못되기라도 하면 한성을 지킬 군사가 없어지게 됩니다."

이항복은 실질적인 계책을 내놓았다.

"바다로 건너오는 왜적들을 수장시키는 것이 가장 좋은 방도 아
니겠습니까? 바다에서 이순신이 막고, 그 사이에 명군과 우리 군사
들이 하삼도를 지킨다면 승산이 있습니다."

대신들이 좋은 방안이라 여겨 표정이 환해질 때 류성룡이 차갑

게 입을 열었다.

"모두들 너무 안이하게만 생각하는 것 같습니다. 공격해 올 왜적이 방비할 우리의 입장을 어찌 깊이 생각하지 않겠습니까? 왜적은 그 동안 두 가지 문제로 어려움을 겪었습니다. 군량미를 확보해야 할 전라도 점령과 바다를 막고 있는 이순신! 내가 왜적 장수라면, 두 가지 문제를 해결할 방도를 찾지 않고는 결코 재침을 결정하지 않을 것입니다."

정탁이 고개를 끄덕였다.

"이순신이야 건재하니 쉬이 당하지 않겠지만, 만일 왜적이 상륙해서 전라도를 친다면 쉽게 방어하기 힘듭니다."

"그러므로 견벽청야堅壁淸野와 거험적축據險積蓄을 활용해야 합니다. 만일 적이 전라도로 들어오면 이 전략으로 맞서 싸워야 할 것입니다."

재침이 있을 것이란 소문이 퍼지면서 조선 팔도 전체가 불안에 떨고 웅성거렸다. 그럼에도 좋은 기회가 왔다고 회심의 미소를 짓는 자가 있었으니 우선 원균이었다. 깊은 밤 윤두수를 찾아가 은밀히 주청했다.

"이순신은 신중하다 못해 너무도 소심합니다. 임진년에 경상 우수영을 도우러 온 것도 한참 시일이 지나서였고, 장문포 해전에서도 관망만 했을 뿐입니다."

전주 무군사에 있을 때 이순신의 독단을 겪었던 윤두수는 그 말이 틀리지 않다고 생각했다.

"나도 그게 걱정일세. 이순신은 명이 내려져도 자신의 판단만을 믿고 너무 독단적으로 움직이는 것이 문제야."

"대감! 제게 수군을 맡겨 주십시오. 무릇 장수란, 한번 명이 떨어지면, 비록 그곳이 불구덩이일지라도 뛰어 들어갈 용맹이 있어야합니다. 이순신에게는 없는 그 용맹이 제겐 충만합니다. 절 수군으로 복귀시켜 주십시오. 그리만 해주시면 왜적들이 다시 이 땅을 밟기 전에 모조리 수장시키겠습니다!"

"내 생각해 보겠네."

좋은 기회라 여긴 또 한 명은 광해였다. 한편으로는 걱정이 되면서도 한편으로는 자신의 지략을 보여줄 때라 생각했다. 역시나 깊은 밤에 이이첨을 앞에 두고 그런 생각을 밝혔다.

"참으로 큰일이군. 대비를 한다고 했지만, 막아낼 수 있을지 걱정이오. 우선 의병장들에게 관군을 도와 싸우라 격문을 보내야겠소."

그러나 이이첨은 피식, 웃었다.

"격문을 보내도 별 도움이 안 될 것입니다. 어쩌면 역효과가 날수도 있으니 차라리 격문을 보내지 않는 게 낫습니다."

"그게 무슨 소리요?"

"주상께서 김덕령을 죽였습니다. 그리고 곽재우마저 추국을 받은 후 풀려났습니다. 저하께서 의병장이라면 그런 왕과 세자가 보낸 격문을 보고 어찌 느끼겠습니까? 하오나 의병들은 자신의 고장을 지키기 위해서라도 일어날 것이니 너무 심려 마십시오. 그리고 앞으로는 윤두수 대감을 필두로 서인들에게 더 마음을 쓰셔야 하옵니다."

"그건 또 무슨 소리요?"

"전하께서는 전란이 끝나면 반드시 이 조정을 이끈 자들에게 책임을 물으려 할 것입니다."

"류성룡과 동인들에게?"

"그들에게 책임을 물을 때 누굴 이용하겠습니까? 미리 포석을 깔아두셔야 합니다."

"자네가 내 편이라는 게 천만다행이군."

재침 소식은 자금성에도 전해졌다. 만력제는 반 년 만에 다시 정사를 보기 시작했건만 황홀했던 시절을 잊지 못해 침소에서 후궁과 앉아 아편을 즐기고 있었다.

"아, 좋구나. 짐이 지금 구름 위를 걷고 있는 것이지?"

후궁이 간드러진 목소리로 속삭였다.

"구름 위가 아니라 천상계에 계시는 것이옵니다. 옥황상제 폐하."

그때 환관이 들어와 기분을 잡치는 보고를 했다.

"조선에서 두 개의 장계가 올라왔습니다. 그런데 내용이 서로 다릅니다."

"뭐가……?"

"첫 번째 장계는 조선 조정이 보낸 것인데, 풍신수길이 책봉을 거부했으며 조선을 재침할 것이라는 내용입니다. 두 번째는 심유경이 보낸 것인데, 풍신수길이 책봉을 받고 만세를 불렀다 합니다."

화가 치민 만력제는 석성을 불러 두 개의 서찰을 마구 흔들어 댔다.

"이게 대체 어찌 된 것이오? 조선에서는 책봉을 거부하고 재침한다 하고, 심유경은 그렇지 않다 하는데."

"그, 그것이…… 아무래도 우리 사신의 주문奏文이 정확하지 않겠습니까?"

"그래? 양방형을 당장 불러라."

입궐한 양방형은 눈을 데굴데굴 굴리다가 거짓말을 했다가는 목이 달아날 것이 빤하기에 사실대로 실토했다. 감옥에 갇히기야 하겠지만 죽기까지는 않겠다고 생각한 것이었다.

"조, 조선의 주문이 맞습니다."

그 말 한마디로 석성과 양방형 모두 파직되어 감옥에 갇혔으나 목숨은 부지할 수 있었다.

17.
정유재란의
시작

"조선을 정복할 해답이 있습니다."

자신 있게 말하는 소서행장에게 풍신수길이 호기심 가득한 눈
길로 물었다.

"해답? 어디 말해 봐."

"먼저 이순신을 제거하기 위해 이간계를 쓸 것입니다. 제가 조
선에 머무는 동안 조선 관리들을 많이 알아 두었습니다."

"그래서?"

"그들 중 한 관리에게 가토가 모월모일에 함선을 이끌고 서생포
로 건너간다는 정보를 건네주는 겁니다."

"이순신의 출격을 유도해 협공하겠다는 것인가?"

"아닙니다. 우리가 건넨 정보를 듣고 출격할 이순신이 결코 아닙니다. 그자는 무척이나 신중합니다. 우리의 정보를 듣고도 출격하지 않으면 이를 안 조선 왕과 조정이 이순신을 가만두겠습니까?"

풍신수길과 전전리가는 그제야 비법의 저의를 깨달았다. 입을 실룩거리다가 갑자기 파안대소했다.

"조선 왕이 분명 이순신을 파면하겠지. 좋아, 아주 좋은 계책이야! 모든 장수들을 모이라고 해!"

황금다실에 영주와 가신들이 모두 모이자 풍신수길은 그들을 근엄하면서도 인자하게 일별했다. 숨소리만 바람처럼 들려왔다.

"모두들 칼이 녹슬도록 오래 쉬었지? 그대들도 알겠지만 짐은 말이야, 사실 이 전쟁을 더 끌고 싶지 않았어. 군사들도 너무 고생이 많고, 또 전쟁을 하느라 백성들 살림살이가 피폐해졌거든. 근데 말이야, 이건 아니잖아. 5년이나 조선 땅에서 피를 흘리며 개고생을 하고도 칼 한 자루 꽂을 땅 하나 얻지 못하고 돌아오면 의미 없는 피를 흘린 꼴이 되는 거잖아! 해서, 난 다시 결심했다. 짐이 아니라 고생한 그대들의 대가를 받아내기로!"

굳이 대가를 받고 싶지 않았음에도 영주와 가신들은 찬동의 눈길로 풍신수길을 응시했다.

"강화는 깨졌다. 다시 조선을 친다! 반대하는 자 있는가?"

그 누구도 입을 열지 못했다. 뒤편에서 누군가 찢어질 듯한 목소리로 외쳤다.

"우리 영주들을 위한 태합 전하의 결단에 감읍하옵니다! 뜻에 따르겠습니다."

"좋아! 지금부터 군대를 재편성한다! 제1군 선봉은 가토가 맡는다. 배를 타고 가장 먼저 울산성 서생포로 상륙해!"

"제 목숨을 바쳐 조선을 정복하겠습니다."

감격에 겨운 가등청정의 대답이 끝나자 석전삼성이 두루마리를 펼쳐 낭랑한 목소리로 군대 편성표를 발표했다.

"제2군은 고니시 유키나가小西行長(소서행장), 3군은 구로다 나가마사黑田長政(흑전장정), 4군은 나베시마 나오시게鍋島直茂(과도직무), 5군은 시마즈 요시히로島津義弘(도진의홍), 6군은 조소카베 모토치카長宗元親(장종원친), 7군은 하치스카 이에마사蜂須賀家政(봉수하가정)가 맡고, 8군의 모리 데루모토毛利耀元(모리요원)와 우키타 히데이에宇喜多秀家(우희다수가)는 각기 우군과 좌군의 총대장을 맡는다! 이상 총 14만의 군대를 편성한다."

전전리가가 덧붙였다.

"그리고 특별 사항이 있다. 어떤 경우에도 강화 협상은 없으며, 죽여야 할 자는 조선군과 명군뿐만 아니라 조선 백성 남녀노소 모두를 죽여 없앤다. 그리고 각 군영은 그 수급을 본국으로 보내기 어려우니 코를 잘라 소금과 석회에 절여 보내라."

뜻밖의 명령에 모두가 흠칫했다. 임진년에 첫 침범을 했을 때와 정반대의 명령이었다.

"단, 예외가 있다. 조선의 도공은 포로로 잡아 보내라. 베를 짜는 기술자들도 좋다. 우리 일본에 쓸모가 있다고 판단되는 기술자는 모두 생포해 보내도록! 알겠는가?"

"넷!"

"명령이 떨어지면 출정할 만반의 준비를 하라! 그 전에 고니시가 먼저 조선으로 건너가 동태를 살피도록."

냉소를 짓는 풍신수길의 얼굴에서 광기가 뿜어져 나왔다.

선발대로 부산성에 도착한 소서행장은 우희다수가와 머리를 맞대고 앉아 계책을 숙의했다.

"요시라要時羅와 경상 우병사 김응서金應瑞를 이용하는 게 좋지 않겠습니까?"

"그래, 두 사람은 아주 관계가 좋지. 가토가 온다는 정보를 요시라가 김응서에게 주면, 김응서가 권율에게 알릴 것이고 결국 조선 왕도 알게 되겠지. 반면 이순신은 그 사실을 알면서도 분명 출정하지 않을 테니 관직을 박탈당할 것이야."

둘의 예측대로 가등청정의 서생포 도착 일자는 요시라를 통해 김응서에게 전해졌고, 즉각 권율에게 전달되었다. 또한 선조에게도 장계가 올라갔다. 선조는 그런 귀중한 정보의 출처가 어디인지 궁금해 했다.

"김응서는 그런 정보를 어디서 얻었단 말인가?"

"요시라에게 은자 80냥을 주고 얻었다 합니다. 요시라는 소서행장을 통해……."

"정녕 소서행장이 그런 정보를 주었단 말이오?"

이항복이 덧붙여 설명했다.

"소서행장과 가등청정이 서로 잡아먹지 못해 안달하는 사이라는 건 누구나 아는 사실입니다. 그리고 소서행장은 강화를 통해 전쟁을 끝내고자 했던 잡니다. 해서 이번 재침의 선봉으로 넘어오는 가등청정을 바다에서 물리치면 더 이상의 전쟁은 없을 거라 확신하는 듯합니다."

"음…… 틀린 얘기는 아니구려. 만약 선봉으로 넘어오는 왜적을 모두 바다에 수장시키면, 이 전쟁은 우리의 승리요!"

모든 사람이 승리를 확실할 때 류성룡은 반대의 뜻을 밝혔다.

"신중하셔야 하옵니다. 이것이 만약 적의 유인책이면 우리 수군은 적의 덫에 걸려 큰 타격을 입고 맙니다."

"유인책이라?"

"왜적이 재침하는 데 있어, 가장 큰 첫 번째 장애는 바로 이순신입니다. 우리도 적도 그걸 뻔히 아는 마당에, 그것도 적장의 정보를 아무런 의심 없이 믿을 수는 없습니다."

하지만 권율은 이 좋은 기회를 놓치고 싶지 않았다.

"만일 소서행장의 정보가 진의라면 의심만 하다가 천재일우의 기회를 놓칠 수 있습니다. 시기를 놓쳤다간 이 땅은 다시 시산혈해로 변할 것입니다."

반대 의견도 만만치 않았다. 이덕형도 류성룡과 같은 의견이었다.

"만일 이것이 덫이라면 우리 수군이 큰 피해를 보게 됩니다."

김응남은 무조건 싸우자는 입장이었다.

"설령 덫이라 해도 수군이 피해를 입는 게 나은 건지, 조선 팔도 전체가 피해를 보는 게 나은 건지, 그 답은 참으로 간단하지 않습니까!"

이항복이 절충안을 내놓았다.

"김응서에게 세작을 통해 왜적의 진영을 더 소상히 살피라 하고, 이순신에게는 일단 명을 내려 출정을 기다리게 해야 합니다. 그런 연후, 소서행장의 정보가 사실이라 판단되면 곧바로 가등청정을 쳐도 됩니다."

거짓인지, 진실인지, 공격을 해야 하는지, 수비에 치중해야 하는지의 논란은 한산도 통제영에서도 격렬하게 벌어졌다. 배흥립은 정보가 거짓이라 주장했다.

"이건 말이 안 됩니다. 아무리 견원지간이라 해도 같은 아군을 죽여 전쟁을 끝내겠다니요! 세 살 먹은 어린애가 봐도 함정입니다."

송희립도 같은 의견이었다.

"장군과 우리 수군을 없애기 위한 유인책입니다."

그러나 이봉수는 한판 붙어보자는 측이었다.

"유인책이고 뭐고 그냥 가서 박살내면 안 됩니까? 저놈들이 아무리 덫을 놓아도 우리의 화력을 당해내지 못할 겁니다."

눈을 감고 장수들의 의견을 듣던 이순신이 다른 의견을 말했다.

"문제는, 주상 전하와 조정의 명을 무시할 수 없다는 것일세. 세작을 통해 알아보나 마나, 가등청정이 바다를 건너오는 것은 사실일 것이야. 놈들은 가등청정이라는 팔 한쪽까지 내놓으면서 고육지책의 승부를 걸고 있어. 그리고 전하와 조정 대신들은 전쟁을 끝낼 기회라는 쪽으로 이미 마음이 기울어 있다는 것이야."

"공격하라는 주상의 명이 떨어지면 어찌하면 좋습니까?"

한동안 침묵에 잠겼다가 입을 열었다.

"소서행장이 그것을 노리는 것이네. 바로 나를 말이야."

그때 조정으로 김응서의 두 번째 장계가 올라왔다.

경상 우병사 김응서 아룁니다. 신이 다시 한 번 적진을 소상히 살핀 바, 정유년 1월 4일, 7000의 군사를 거느린 가등청정이 대마도에 주둔 중

이며, 머잖아 서생포에 당도할 것이 확실합니다.

윤두수는 이제 왜적 박멸의 기회가 왔다고 확신했다.

"왜적들의 정보가 사실인 것이 확인되었으니, 속히 이순신에게 명을 내리시옵소서!"

더 이상 망설일 이유가 없다고 판단되자 선조는 수군 총동원령을 내렸다.

"삼도 수군통제사 이순신에게 즉시 모든 전선을 동원해 바다를 건너오는 적의 선봉대를 수장시키라 명하라!"

파발마가 한산도로 내려갈 때 가등청정이 이끄는 왜선 수백 척이 파도를 가르며 현해탄을 건넜다. 대장선 망루 위에서 가등청정은 의기양양하게 바다를 바라보았다.

"내가 다시 이 배를 타고 본국으로 돌아갈 때는 이 손에 조선 왕의 수급이 들려 있을 것이다."

부관이 아부의 발언을 잊지 않았다.

"꼭 뜻을 이루실 것입니다. 이제 장군님은 일본국 최고의 장군이 되실 것입니다."

바람이 불면서 촛불이 흔들리다가 다시 하늘로 불꽃을 그렸다. 촛농이 탁자 위로 흘러내려 커다란 덩어리를 만들 때 문이 열리고 배흥립이 들어왔다.

"더 이상 지체할 시간이 없습니다. 이제 출정해야 합니다."

이순신은 눈을 들어 밑바닥까지 타들어간 촛불을 보며 단호하게 말했다.

"유인책임을 뻔히 알면서 우리 군사를 희생시킬 수는 없네. 출정은 없다."

"장군! 주상의 명이십니다."

그러나 이순신은 끝내 의자에서 일어나지 않았고 가등청정은 아무런 제지 없이, 그의 소망처럼 덫에 걸린 이순신을 사로잡지 못한 채 무사히 부산포에 상륙했다.

18.
이순신,
옥에 갇히다

선조의 입술이 분노를 참느라 파르르 떨렸다.

"이순신, 이자가 정녕 실성했단 말인가! 이것이 어떤 기회였는데……. 도승지, 분명 과인의 명을 전하긴 한 것이냐!"

도승지가 황송한 목소리로 아뢰었다.

"네, 전하. 파발이 이순신의 접수 수결을 받아왔습니다."

윤두수가 치를 떨며 간언했다.

"이순신의 오만방자함이 이미 그 도를 넘었습니다. 또한 그 오만방자함이 이 나라의 운명을 그르쳤습니다. 당장 이순신을 삭탈관직하고 한성으로 압송하시옵소서!"

김응남이 그 뒤를 이었다.

"전하, 그리 하시옵소서! 이순신이 조정의 명을 어기고 기만한 것은 무군지죄無君之罪이며, 적을 놓아준 것은 부국지죄負國之罪입니다. 결코 이순신을 용서하시면 아니 되옵니다."

당연히 선조는 그러리라 마음을 먹고 있었다.

"당장 이순신을 파직하고, 한성으로 압송해 오라!"

하지만 비호하는 대신들도 적지 않았다. 제일 먼저 정탁이 이순신을 두둔했다.

"전하, 이순신은 비범한 장수입니다. 분명 필연치 못한 사정이 있었을 것입니다. 사람을 보내 자세히 알아본 연후 논죄해도 늦지 않을 것이옵니다."

이덕형은 이순신 개인의 안위보다 수군의 사기를 문제 삼았다.

"그렇사옵니다, 지금 이순신을 처벌하면 그야말로 우리 수군은 중심을 잃고 무너지게 되옵니다."

이항복은 지금 무엇이 중요한지를 따질 것을 요구했다.

"이순신이 사라지면 이는 왜적을 가장 이롭게 하는 것입니다. 잠시 고정하시옵고, 이순신이 명을 따르지 않은 이유부터 살피시옵소서."

일변 맞는 말이지만 평소 이순신을 고깝게 보았던 윤두수는 계속 강경론을 폈다.

"지금 무슨 소리들을 하고 있는 거요! 이순신은 자신이 세운 전공을 믿고 방약무도하게도 전하의 명을 하찮게 여긴 것이외다! 이번 일이 처음이 아닙니다. 무군사 시절, 저하가 부르는데도 오지 않았고, 임의로 군영에서 과거를 실시했으며, 왜적을 칠 기회도 묵살했어요. 목이 열 개라도 살아남기 힘든 죄를 지었습니다."

조용히 듣던 선조가 슬그머니 류성룡에게 눈길을 돌렸다.

"영상은 어찌 아무 말이 없소. 이순신은 경이 천거한 자요. 뭐라 말해 보시오."

무슨 말을 하든 이순신을 변호하는 것임을 잘 알지만 류성룡은 신중론을 폈다.

"신은 이순신의 사람됨을 누구보다 잘 아옵니다. 이순신은 아무리 큰 공이 있다 해도 결코 오만방자할 인물이 아닙니다. 또한 전하의 명을 거역한 일이 어찌 죽을죄임을 모르겠습니까. 그럼에도 불구하고 항명을 했다면 자신의 목숨보다 중요한 피치 못할 사정이 있었을 것입니다. 부디 이를 깊이 살펴보시고 죄를 물으시옵소서."

"그래요? 한데, 그대뿐 아니라 나도 이순신을 잘 압니다. 그는 이미 과인을 주군으로 여기지도 않을 뿐더러 백성들이 영웅으로 추켜세우고 따르니, 자신이 이미 이 나라의 군주라 착각하고 있는 잡니다. 도승지는 뭐하고 있는가! 당장 금부도사를 보내 이순신을 압송해 오라!"

금부도사가 나졸들을 이끌고 한산도로 질주할 때 윤두수는 선조에게 주청했다.

"이 위급한 시기에 바다를 지킬 자는 원균밖에 없습니다."

"세간에서 이순신과 원균을 많이 비교하는데, 좌상은 어찌 생각하시오?"

김응남은 먼저 이순신을 칭찬한 후 원균도 훌륭한 장수임을 강조했다. 이순신이 옥에 갇히게 될 것이 분명한 마당에 뒤를 이을 장수는 원균밖에 없었다. 기왕이면 긍정적으로 말하는 것이 나을 듯싶었다.

"이순신이 쓸 만한 장수인 건 분명합니다. 허나, 원균 역시 몸가짐이 청백하고 용맹함이 넘치는 장수입니다. 또한 그 공적도 적지 않으니 충분히 바다를 지킬 능력이 있는 장수라 사료되옵니다."

윤두수가 거들었다.

"무엇보다 원균은 상명하복에 충실한 장수입니다. 이순신과 달리 전하의 명이라면 비록 그곳이 지옥불이라 하더라도 뛰어들 충신입니다. 그에게 통제영을 맡기시옵소서."

"좋소! 원균을 삼도 수군통제사로 임명하시오."

그 시각 이순신이 금부 군사들에게 묶여 끌려갈 때 충청도 한발 못미처에서 통제사로 부임하는 원균 일행과 마주쳤다. 원균은 성긋 웃었다가, 갑작스레 웃음을 거두고는 비아냥댔다.

"이게 누구신가? 전 삼도 수군통제사 어른 아니신가?"

흐흐, 웃고는 말에서 내려 이순신에게 다가갔다. 수레에 실린 이순신의 목에 커다란 칼이 씌워져 있는 모습을 보고는 눈을 둥그렇게 떴다.

"이보게 금부도사. 지금은 비록 죄인이지만 한때 이 나라의 영웅이셨던 분을 이리 험하게 모셔서야 되겠는가? 칼을 풀고 편히 모시게나."

"어명이라 어쩔 수 없습니다."

"허허. 이거 딱해서 어쩐다? 어쩌다 신세가 이리 되셨소. 내 말하지 않았소. 장수는 명이 떨어지면 무조건 돌진해야 한다고."

이순신은 담담하게 말했다.

"통제사가 된 걸 감축하오."

"진심이오? 뭐 진심이 아니라도 상관은 없소만."

"청이 있소이다."

"뭐요?"

"부디 제장과 군사들을 아끼고, 함대를 움직이는데 심사숙고하여 꼭 바다를 지켜주시오."

흐훗, 냉소를 날리다가 원균은 정색을 하며 대답했다.

"아무려나. 반드시 그리 하지요."

"고맙소. 무운을 빌겠소."

금부도사가 말에 채찍질을 하자 수레는 앞으로 나아갔다. 원균은 멀어지는 이순신을 보며 쯧쯧, 혀를 찼다.

"끌려가는 마당에 군사들 걱정은."

"하하하하. 이순신이 제거됐습니다, 이순신이 말입니다!"

소서행장의 즐거운 웃음이 군막을 넘어 부산포 하늘에 울려 퍼졌다. 우희다수가는 그런 소서행장의 어깨를 두드리며 칭찬을 아끼지 않았다.

"탁월한 계책이었어! 이제야 목에 걸린 가시가 녹아 넘어가는 느낌이야!"

"그게 어찌 가시 정도겠습니까! 우리 길을 가로막고 있던 호랑이 한 마리를 때려잡은 것 같은 기분입니다. 하하하."

"맞아! 호랑이지, 조선의 호랑이를 잡아 없앤 거야! 이제 바다가 뚫렸으니, 명의 대군만 오지 않는다면 조선 팔도를 점령하는 건 손바닥 뒤집기야."

의금부 옥사는 초라하고 더럽기가 거지의 움막보다 더했다. 임금의 거처마저 누추하기 짝이 없는데 옥사는 일러 말할 것이 없었다. 이슥한 밤에 한성에 당도한 이순신은 저녁밥도 먹지 못한 채 곧바로 옥사에 갇혔다. 거칠거칠한 가마니 위에 앉아 지친 눈을 감았다. 옥에 갇힌 것은 참을 수 있지만 한산도에 남은 병사들과 저 멀리 아산에 계시는 어머니를 떠올리자 어쩔 수 없이 가슴이 미어졌다. 저 멀리 서너 명의 무거운 발걸음 소리가 들리고 귀에 익은 목소리가 희미하게 들려왔다. 류성룡이 찾아와 간수장에게 청을 넣는 중이었다. 그 간청의 목소리는 분명하지 않았지만 거절의 목소리는 또렷하게 들려왔다.

"안 됩니다. 국문 전까지 누구도 들이지 말라는 엄명이 있었습니다."

"잠깐이면 된다네."

"안 됩니다. 제 목이 떨어집니다. 어쩔 수 없습니다."

착잡한 류성룡이 돌아설 때 어둠 속에서 한 남자가 모습을 드러냈다.

"도사의 목은 내가 책임지겠네."

뜻밖에 광해가 다가오고 있었다. 깜짝 놀란 류성룡과 이천리, 금부도사가 허리를 숙였다. 조용히 고개를 끄덕인 광해는 간수장에게 힘주어 말했다.

"잠시 얘길 나눌 수 있게 해주게. 나중에 누가 문책하면 영상이 아니라 내가 밥 한 끼 넣어주기 위해 만났다 하면 안 되겠나?"

그 당부 반, 명령 반 덕분에 류성룡은 조촐한 밥 한 상을 들고 이순신을 대면했다.

"미안하이."

"무엇이 말입니까?"

"……."

"제가 자초한 일입니다. 그리고…… 이리 될 줄 알고 있었습니다."

"내가 어찌해야 하겠는가?"

"주상께서 절 죽이려 하시는 이유, 그리고 대감께서 나서신들 아무것도 바뀌지 않는다는 걸 잘 아시지 않습니까. 그러하니 절 구하기 위해 어떤 변명도 하지 마십시오. 또 해서도 안 됩니다. 제가 죽고 사는 건 주상의 손에 달린 게 아니라, 원균에게 달렸습니다."

"원균이 바다를 지키면 자네가 죽을 것이고, 원균이 바다를 막지 못하면 살아날 것이다?"

"허나, 제가 살아나지 못한다 해도 원균이 바다를 지켜낸다면 더 바랄 게 없습니다."

이순신이 살기 위해선 원균이 패해야 했고, 그것은 조선의 참혹한 운명으로 이어질 것이었다. 반면 원균이 승리하면 산하는 지킬 수 있지만 이순신은 죽어야 했다. 무엇이 옳은 것인지 류성룡은 판단을 내릴 수 없었다. 초조하게 지켜보던 간수장이 재촉했다.

"대감, 이제 그만."

참담한 마음으로 발길을 돌릴 때 이순신이 마지막으로 주청했다.

"다시 한 번 당부 드립니다. 절대 나서지 마십시오. 대감이 없으면 이 나라는 다시 일어서지 못합니다. 재조산하, 그 전엔 죽어서도 안 됩니다. 잊지 마십시오. 그리고 저 때문에 놀라셨을 어머니가 걱정입니다. 혹 먼저 가는 불효를 저지르게 된다면, 염치없지만 가끔 살펴주십시오."

뜬눈으로 밤을 새운 이순신은 첫 닭이 울자마자 국문장으로 끌려나왔다. 두꺼운 나무판 위에 무릎을 꿇리고 그 위에 다듬이돌보다 훨씬 더 무거운 돌 서너 개를 올려놓자 벌써 무릎이 터져 나갈 것 같았다. 눈을 부라리며 그 모습을 보다가 김응남이 호통쳤다.

"다시 묻겠다. 어명을 받고도 출동하지 않은 이유가 무엇인가?"

고통을 참아내며 이순신은 당당하게 대답했다.

"왜적의 간계임을 이미 말씀드렸습니다. 소서행장은 가등청정이 바다를 건너온다고 한 날짜가 정월 11일이라 했지만, 이미 가등청정은 그 전날인 10일에 서생포에 도착했습니다. 이것만 보아도 적의 간계임은 삼척동자도 알 수 있는 일입니다."

"그건 결과일 뿐이다. 그리고 하루 이틀의 차이가 무에 그리 중요하단 말이냐. 네가 어명을 거역한 건, 어명은 따르지 않아도 된다고 여긴 네놈의 오만방자함 때문 아니냐!"

"저도 하나만 묻겠습니다. 주상 전하와 좌상께서는 왜적을 한 번이라도 본 적이 있습니까?"

"……"

"왜적들의 수급이야 받아 보셨겠지만, 적들의 간교함과 잔혹함을 보신 적이 있냐는 말입니다. 전장은 조정에 앉아 듣는 것과는 다릅니다. 장수의 잘못된 판단 하나가 수천, 수만의 병사를 몰살시킬 수 있습니다. 그래서 무능력한 장수는 적보다 무섭다 하는 것입니다. 좌상 대감! 전 어명을 거역한 것이 아니라 허망하게 죽을 군사들을 염려했을 뿐입니다. 그게 죄라면 기꺼이 칼을 받겠습니다."

"네 이놈! 지금 주상께서 우리 군사들을 다 죽이려 했다는 궤변을 늘어놓는 것이냐! 바른대로 토설할 때까지 쳐라!"

두 손이 뒤로 묶인 이순신의 등으로 장杖이 내리쳐졌다. 의금부 나장들은 마음속으로야 이순신을 흠모하고 그에게 죄가 없음을 잘 알지만, 국문장에서 그 마음을 드러낼 수 없어 사정없이 내리쳤다. 몇몇 군사들은 마지막에 슬그머니 힘을 줄였음에도 아픔은 매 한 가지였다. 한 나절 동안 고문과 취조, 항변이 이어지고 해가 기울 때 갑자기 장대비가 쏟아지기 시작했다. 장을 든 나장들이 서로 눈치를 보다가 처마 밑으로 뛰어들었다.

"이놈들, 어디로 피하느냐. 당장 쳐라."

나장들이 슬금슬금 앞으로 나설 때 선조가 큼, 헛기침을 하며 들어왔다.

"이실직고했소?"

"좀처럼 죄를 인정하지 않습니다."

'아무렴 그렇겠지.'

선조는 비웃음을 지으며 축 늘어진 이순신 앞으로 다가가 거만하게 내려다보았다. 하루 종일 이어진 고문과 굶주림, 갈증, 고통으로 이순신은 의식을 차리지 못했다. 그 앞에서 선조는 비아냥댔다.

"지금 내 앞에 이리 축 늘어져 있는 자가 왜적들이 그토록 두려워하고, 백성들이 하늘처럼 떠받들었던 영웅이란 말인가. 참으로 볼품없구나."

원균은 하늘을 날아갈 것 같았다. 류성룡의 주동으로 충청 병사로 밀려났지만 옳은 것은 결국 인정을 받고, 능력 있는 사람은 결국 빛을 본다는 진리가 실현되었다고 생각했다. 이순신은 운이 좋아 몇 번의 승리를 거두었을 뿐 그렇게 뛰어난 장수가 아니었다. 이제 삼도 수군통제사로서 자신이 조선의 바다를 지켜낼 것이었다. 그러나 술상을 앞에 둔 장수들의 표정은 어두웠다. 기녀들이 사이사이에 앉아 술을 따라 주건만 배흥립, 송희립, 이봉수, 이군관은 똑바로 앉아 술잔만 바라볼 뿐이었다. 얼큰하게 취한 원균이 따지듯 물었다.

"다들 표정이 왜 이리 어두운가?"

"......"

"왜? 내가 통제사로 부임한 게 마음에 들지 않는가."

배흥립이 모두를 대신해 대답했다.

"부임을 어찌 못마땅히 여기겠습니까마는 전임 통제사께서 국문을 받고 있는 처지인지라 이렇게 술판을 벌인다는 것이 모시던 아랫사람으로서의 도리가 아닌 듯싶습니다."

"뭐라? 아랫사람으로서 도리가 아니다? 내가 이순신의 아랫사람이었더냐? 나는 이순신보다 훨씬 일찍 급제한 선배다. 이순신이 나보다 앞서 출세한 것은 류성룡 대감이 뒤를 봐주고 있었기 때문이야!"

송희립이 주저하며 변명했다.

"그런 뜻이 아니라……."

말이 끝나기도 전에 원균은 두 손으로 술상을 뒤엎어버렸다.

"다들 집어치워!"

화들짝 놀란 기녀들이 우르르 밖으로 나가자 장수들을 향해 잡아먹을 듯 소리쳤다.

"잘들 들어라! 이순신은 잊어라! 너희들은 이제부터 이 원균의 수하들이다! 알겠느냐!"

"……네."

다음 날에도 의미 없는 추궁과 똑같은 대답이 이어지면서 고문은 멈추지 않았다. 광해는 이순신을 구해 주고 싶었으나 유조인과 이이첨은 결사반대했다. 주상의 뜻을 거슬러서는 안 된다는 이유였다.

"나는 이순신을 잘 압니다. 그는 사심 없는 충신이고, 이 나라의 영웅입니다."

이이첨이 이죽거렸다.

"백성들에게나 충신이고 영웅이지, 전하께는 아니지요. 그래서 문제가 된 것이고요. 그리고 아무리 충신이라 해도 주군에 대한 사사로운 정과 의리가 없으면 이는 자신의 나라와 백성을 위하는 것과 다르지 않습니다. 전하가 죽이려 함은 바로 그 때문입니다."

유조인이 못을 박았다.

"이순신의 일은 그만 잊으십시오."

그러나 정탁은 끊임없이 선조를 찾아가 이순신을 방면할 것을 간청했다.

"고문이 계속되면 이순신은 죽고 맙니다. 평시에 장수는 많으나 위급할 때 나라를 구할 장수는 흔치 않습니다. 이순신을 죽이면 아니 되옵니다."

이항복은 구체적인 증거를 들어 이순신의 무죄를 입증하려 했다.

"소서행장이 이순신에게 공격하라고 하던 날짜보다 가등청정이 하루 먼저 들어온 사실이 밝혀지지 않았습니까? 적의 간계임이 밝혀졌으니 그만 용서하시옵소서."

이덕형도 애원했다.

"이순신이 아니었으면 누가 이 나라의 바다를 지킬 수 있었겠습니까? 그간의 전공만 보더라도 그를 죽이면 백성들의 큰 원성을 사게 될 것이옵니다."

이원익도 이덕형과 같은 의견이었다.

"이순신은 단 한 번도 패하지 않은 용장 중의 용장입니다. 이순신이 죽는다면 우리 군사들의 사기는 땅에 떨어질 것이고, 적들은 사기충천할 것입니다. 왜적이 재침을 해왔는데, 어찌 적을 이롭게 하려 하시옵니까!"

그러나 전주 무군사에서 이순신에게 창피를 당했다고 여긴 윤두수는 끝까지 이순신을 비난했다.

"이순신의 죄를 논함에 있어 어찌 가등청정을 죽이지 못한 것만 묻겠소. 이순신은 이미 군영에서 독단으로 행한 일들만으로도 죽어 마땅하오."

김응남은 윤두수의 편을 들었다.

"다들 어찌 이순신만이 이 나라의 장수인 듯 말씀하는 것이오! 그리고 장수들이 자신의 전공과 능력만 믿고 주상의 권한을 넘어 능멸한다면, 어찌 나라의 기강이 바로 설 수 있겠소? 비록 이순신의 공이 적다고는 할 수 없으나 모든 군의 기강을 위해 읍참마속泣斬馬謖해야 합니다."

대신들의 찬방양론을 조용히 듣던 선조가 분에 겨워 내뱉었다.

"이제 이순신이 가등청정의 목을 베어온다 해도 용서치 못할 것이오."

그 말을 들은 류성룡은 이제 물러나야 될 때가 왔음을 깨달았다. 조용한 방에 홀로 앉아 오랫동안 생각하다가 책상 위에 놓인 단도로 손가락을 그었다. 선혈이 벼루 위로 뚝뚝 떨어지자 붓에 피를 적셔 사직 상소를 써내려갔다.

전하, 이제 신이 물러날 때가 되었나이다. 이순신을 천거한 자는 신입니다. 이순신에게 죄가 있다면 그것은 신의 죄나 마찬가지입니다. 죄인 류성룡은 조정에서 물러나고자 하오니, 윤허해 주시옵소서.

선조가 내미는 상소를 읽은 유조인은 비웃음을 지었다.

"류성룡의 사직을 윤허하지 마시고, 파직시키시옵소서! 류성룡의 비호가 있었기에 작금의 이순신이 이리 방약무도하게 무군지죄를 지을 수 있었던 것입니다."

이참에 두 사람을 몰아내야 한다고 마음먹은 윤두수는 류성룡을 강력히 비난했다.

"공이 있으면 상을 내리고, 과가 있으면 벌을 내리는 것이 이치입니다. 류성룡이 이순신을 천거한 것은 비록 옳은 판단이었으나, 이후 바르게 이끌지 못한 것은 큰 잘못이라 할 수 있습니다. 그의 사직을 받아들이시옵소서."

그날 밤 선조를 독대한 정탁은 엎드려 간절히 아뢰었다.

"이 늙은이가 목숨을 걸고 간언 드립니다. 기어코 이순신을 벌하시겠다면 벌하시옵소서. 허나, 결코 죽이지는 마시옵소서. 언제고 반드시 이 나라와 전하를 위해 목숨을 던질 충신입니다. 그리고 류성룡 또한 버리시면 아니 되옵니다. 신과 같은 범부는 백번 태어나도 류성룡의 충심과 능력은 따를 수 없을 것이옵니다."

선조는 그 말이 사실임을 잘 알고 있었다. 류성룡은 백년에 한 명 나올까 말까한 영특한 인재였으며, 나라에 대한 충정이 깊었고, 개혁을 밀어붙이는 뚝심도 있었다. 지금 류성룡을 내치는 것은 자신에게도 지극히 손해였다. 그가 미운 적이 한두 번이 아니었으나 지금은 때가 아니었다. 바로 류성룡을 불러 협박조로 나무랐다.

"전란이 아직 끝나지 않았소. 내게 온갖 개혁안까지 실시토록 해놓고 그대는 무책임하게 떠나겠다? 윤허할 수 없소. 전란이 끝날 때까지 모든 것을 책임지시오!"

얼굴마저 새빨개진 임금의 얼굴을 빤히 들여다보며 류성룡은 단도직입적으로 물었다.

"전하, 신을 믿으시옵니까?"

"믿으니까 남으라 하는 것 아니오."

"한데, 어찌 이순신은 믿지 못하시옵니까? 그가 이몽학처럼 역모라도 일으킨다면 신이 먼저 칼을 들고 그의 목을 칠 것입니다."

"……"

"전하는 이순신도, 그리고 신도 믿지 않으십니다. 단지 필요에 의해 거두고 버리실 뿐. 훗날 역적이 될 자를 천거한 신 또한 역적이 될 것이니 떠나고자 하는 것입니다. 부디 옥체 보존하시옵소서."

류성룡이 절을 하고 물러나자 이덕형, 이항복, 이원익, 정탁이 다가와 함께 절을 올렸다.

"전하, 신들 또한 이순신을 천거한 죄인들이오니 모두 물러나겠나이다."

선조가 당황해서 어쩔 줄 모를 때 광해마저 합세했다.

"이순신의 죄는 비록 크오나, 다시 한 번 싸울 기회를 주시옵소서. 그가 또다시 어명을 어기고 적을 피한다면 신이 목을 베겠사옵니다."

선조가 즉답을 피하자 결국 정탁이 신구차伸救箚를 올렸다.

신 정탁은 엎드려 아룁니다. 지난 임진년에 왜적선이 바다를 덮어, 적세가 하늘을 찌르던 그날에, 나라를 지키던 신하들로서 성을 버린 자가 많았습니다. 조정의 명령조차 사방에 미치지 못할 적에 이순신은 수군을 거느리고 원균과 더불어 적의 예봉을 꺾었습니다. 전하께서는 이를 아름답게 여기고 높은 작위를 주면서 통제사의 이름까지 내렸으니 실로 감격할 일이었사옵니다. 이제 이순신은 성상의 말씀처럼 사형을 받을 중죄를 지었습니다. 이순신 또한 그 죄가 무거워 목숨을 보전할 가망이 없는 것을

알고 있을 것입니다. 허나, 일개 장수의 죽음은 실로 아깝지 않으나 나라의 안위와 관계되는 터라 어찌 걱정할 일이 아니겠습니까. 전하, 부디 죄를 지은 자식에게 회초리를 들었다가 상처를 쓸어주는 아비의 마음으로 은혜를 베푸시고, 그로 하여금 공을 세울 기회를 주신다면 이순신은 성상의 은혜를 천지부모와 같이 받들어, 목숨을 걸고 갚으려는 마음이 반드시 일어날 것입니다. 부디 이순신을 가엾이 여기시옵소서.

그날 밤 이순신이 옥 안에서 고통에 겨운 신음을 내뱉을 때 꿈속에서 선조의 목소리가 들려왔다.

"내 이미 널 죽여도 여러 번 죽였을 것이다. 하지만 너에게 충정의 기회를 주니 가거라. 권율 밑으로 가 백의종군하거라."

"……"

"허나, 넌 다시는 살아서 과인을 보아서는 안 될 것이다. 왜적과 싸우다 죽어야 할 것이다. 오직 과인을 위해 말이다."

1597년 4월 초하루, 모진 고문을 받던 이순신은 옥에서 풀려났다. 며칠을 허위허위 걸어 합천에 있는 권율 휘하로 백의종군의 길을 떠났다. 어머니 변씨는 아들을 보기 위해 올라오다가 세상을 하직했다. 이순신은 객지에서 빈소를 마련했으나 제대로 장례를 치르지도 못하고 다시 길을 떠났다. 그것이 이순신의 운명이었다.

19.
원균, 조선 수군을
무너뜨리다

왜적이 협상을 깨뜨리고 재침했다는 보고를 접하자 만력제는 경략 형개邢玠와 경리 양호楊鎬에게 군사 6만을 주어 조선을 구원케 했다. 출발 전에 형개는 조선에 경략군문經略軍門을 설치해 조선의 군무와 국정을 총괄할 권한을 요청했다. 만력제가 쾌히 승낙하자 제독 마귀麻貴, 부총병 양원楊元을 거느리고 압록강을 넘었다. 풍신수길은 600척의 배에 2차 침략군을 실어 보내 조선을 초토화할 것을 명했다.

"뭐라? 600척?"

원균은 그 숫자에 깜짝 놀랐다.

"적들이 그동안 새로 만든 전선입니다."

"우리는?"

"전선 200척, 군량미 1만 석, 화약 4000근, 총포 300자루입니다."

송희립이 출정하지 않았으면 좋겠다는 뜻으로 간언했다.

"출정하실 겁니까? 이건 적들의 유인책입니다."

"이놈! 지금 겁을 먹은 것이냐! 설령 유인책이라 하더라도 이기고 지는 것은 하늘에 달렸다. 나는 이순신과 달라! 명이 떨어지면 그곳이 지옥이라 해도 사력을 다해 싸우는 것이야말로 진정한 무인이다!"

언제나 나가 싸울 것은 주창하던 이봉수도 이번에는 반대였다.

"그래도 이건 무모합니다요. 우리의 화력이 아무리 강하다 해도 적선이 600척입니다. 게다가 우리의 공격을 대비하고 있을 텐데, 정말 감당하기 힘듭니다."

"이순신이 참으로 겁쟁이들만 키웠구나. 당장 저놈을 끌어내 장을 쳐라!"

원균의 불호령이 떨어지자 군사들이 어쩔 수 없이 이봉수를 끌어냈다.

"또 출정을 반대하는 자 있느냐! 당장 안골포와 가덕도로 출정한다!"

우희다수가와 소서행장이 이제나 저제나 기다릴 때 평의지가 반색을 하며 보고했다.

"걸려들었습니다! 원균이 200척의 전선을 이끌고 한산도를 떠났다 합니다."

"됐어! 이제 조선 수군은 전멸이다."

1597년 6월 19일, 원균은 200여 척의 함대를 이끌고 안골포와 가덕도를 공격했다. 그러나 만반의 준비를 갖춘 왜 함대에게 여지없이 패했고, 경상 우수사 배설裵楔이 이끈 함대 역시 웅포에서 박살이 났다. 보성 군수 안홍국安弘國이 죽고 원균은 다급히 한산도로 후퇴했다. 정유재란 발발 후 벌어진 첫 전투에서 조선 수군은 패퇴만 거듭했다.

선조는 패전 소식이 믿기지 않았다. 자신이 원균을 임명했기에 어떡해서든 위신을 차리고 싶었다.

"그자가 그리 큰소리를 치더니, 결국 꼬리를 내리고 도망쳤단 말인가! 패하고도 살겠다고 도망을 치다니. 당장 다시 공격하라 명하라."

겨우 목숨을 부지한 원균은 한산도에서 부상당한 어깨를 치료하느라 정신이 없었다. 시체가 된 수군들과 부상병들, 망가진 무기, 엉망이 된 전선을 보자니 한탄이 절로 나왔다.

"왜 이순신이 명을 받고도 작전을 수행치 않았는지 내 이제야 이해가 되는구만. 놈들이 저리 성에 웅크린 채 수많은 전선까지 갖추고 있는 한 우리 수군만으로는 감당할 수 없어. 육지에서 공격해

쥐야 해!"

그때 전령이 들어와 서찰을 펼쳤다.

"다시 출정하라는 어명입니다."

부상당한 어깨도 잊고 원균은 주먹으로 탁자를 내리쳤다.

"이런 젠장! 아직 전열도 정비하지 못했는데, 다시 출정하라니! 이게 말이 되는 소린가. 다들 어찌 생각하는가?"

송희립이 의견을 냈다.

"애초에 적의 유인책이니 무리라고 말씀드리지 않았습니까. 일단 도원수께 상황을 알리시고, 출정의 어려움을 말씀드리십시오."

"송 군관이 직접 다녀오도록 해! 그리고 반드시 내 말을 전해. 조정에서 보낸 대군이나 명의 대군이 육지에서 공격하지 않는 한 우리 수군만으로는 적을 공격하기 어렵다고."

합천으로 간 송희립에게 권율은 불같이 화를 냈다.

"출정할 수 없다? 이자가 정말!"

"적의 규모도 규모지만, 아군의 피해가 만만치 않습니다. 전열을 재정비할 시일이 필요합니다."

"내가 그걸 모르는 것이 아니야! 자신의 패전을 조정의 대군 지원이 없었기 때문이라고 평계를 대고 있지 않은가 말이야. 그리고 비겁하게 직접 오지도 않고 수하를 보내 변명을 하다니. 당장 이곳으로 들라고 하라."

도원수의 명을 무시할 수 없어 원균은 어깨에 광목을 두르고 갔지만 변명을 할 틈도 주지 않고 형틀에 묶었다. 권율은 같은 무인으로서 언제나 이순신을 흠모한 데다 그의 사람됨을 잘 알기에 마음속으로 원균을 벼르던 참이었다. 원균이 아니었다면 이순신이 통제사의 직을 유지했을 것이고 그랬다면 제해권을 장악해 왜적을 물리칠 수 있을 것이련만, 용맹성도 없고 지혜롭지도 못하고 오직 출세와 주색만 탐닉하는 원균이 튀어나옴으로써 모든 것이 엉망이 된 것이었다. 그 분풀이를 하느라 수군의 최고 장수를 끌어다 모욕스럽게 곤장을 쳤다. 원균의 입에서 비명이 새어 나오자 손을 들어 제지시켰다.

"멈춰라! 아직도 그대 죄를 모르겠는가?"

"제가 출정을 하지 않으려는 게 아닙니다. 전열을 재정비할 시일이 필요했을 뿐입니다."

"그건 나도 아는 일! 허나, 문제는 그게 아니야! 그대가 조정의 대군이 육지에서 공격을 해주지 않으면 출정할 수 없다고 엉뚱한 핑계를 대고 있다는 것이야. 조정이 대군을 보낼 수 있다면 무엇하러 그대에게 바다의 적을 섬멸하라 하겠는가!"

"허나, 지금 우리 수군만으로는……."

"지엄하신 어명이다! 그대는 항상 말하지 않았는가. 명이 떨어지면 불구덩이라 해도 뛰어들겠다고! 장수가 어찌 한 입으로 두말하는가. 다시 쳐라!"

실컷 매를 맞고 돌아온 원균은 이를 부드득 갈았다. 장수들을 모두 불러놓고 비장하게 일렀다.

"지금은 출정할 상황이 아니란 걸 다들 알 것이다. 허나, 어명을 받들지 않으면 그 또한 죽은 목숨. 이래 죽으나 저래 죽으나 마찬가지다. 승패는 하늘만이 아는 일! 전군 출정하라."

그러나 아무도 일어나지 않자 칼을 꺼내들고 길길이 날뛰었다.

"이놈들! 내 칼에 죽고 싶은 것이냐. 속히 나가 준비하지 못할까!"

협판안치脇坂安治(와키자카 야스하루)는 남해안 지도를 살피다가 조선 수군이 온다는 보고에 얼굴 가득 웃음을 지었다.

"규모는?"

"전선이 200여 척인데, 전라도와 충청도의 수군이 모두 동원되었다 합니다."

"원균이 복수하려고 이를 물고 달려드는군. 그래 봐야 불나방이지. 우리 전선은 치고 빠지는 작전을 계속 펼쳐서 적을 조급하게 만들면 되겠군. 이번에야말로 조선 수군을 끝장내야지. 출정 준비해!"

원균은 죽기 살기로 부산포를 공격했지만 첫 번째 실패를 거울삼지 못한 탓에 패전을 거듭했다. 이미 전의를 상실한 조선 수군은 후퇴하기에 급급했고 1597년 7월 15일, 마지막으로 칠천도에서 대격전을 벌였으나 모든 전선은 파괴되고 말았다. 원균은 몇몇 병사들을 이끌고 겨우 섬에 상륙했으나 뒤따라온 왜적들과의 백병전에서 목숨을 잃고 말았다. 그의 나이 57세였다. 200여 척의 전선은 모두 침몰했고, 전라 우수사 이억기李億祺, 충청 수사 최호崔湖도 전사했다. 배설은 관망하다가 재빨리 도망쳤는데 그가 건사한 배는 12척이었다.

　선조는 또 한 번 믿을 수 없었다.
　"전멸…… 전멸당했다 했소?"
　이항복이 황송한 표정으로 답했다.
　"네, 전하……."
　"하늘이…… 하늘이 이 나라를 버리시는 것인가."
　"우리 수군이 전멸당한 것은 참으로 참담한 일이오나, 이리 주저앉아서는 아니 되옵니다. 왜적은 곧 전라도를 공격할 것이고, 한성으로 북진할 것이옵니다."
　이항복이 계책을 냈다.
　"다행히 명군이 전라도 남원에 3000, 충청도 충주에 4000의 군사를 진주시켜 두었으니 우리도 서둘러 군사를 배치시켜 적을 방비해야 하옵니다."
　선조는 그 말이 귀에 들어오지 않았다. 경황없이 '그래야지, 그래야지' 되뇌다가 정신을 차리고는 명을 내렸다.

"비변사에서 어서 논의해 우리 군사들을 편제하시오. 아! 그리고 이순신, 이순신을 다시 통제사로 복권시켜야 하지 않겠소? 뭐 좀 미안하긴 하지만. 영상, 그리 하는 게 맞지요?"

류성룡은 그런 선조를 안타깝게 보다가 천천히 대답했다.

"…… 그리 하시옵소서."

그 와중에 김응남이 들어와 보고했다.

"평양에 머물고 있던 경리 양호가 입성했습니다."

"어서 오시오 대인! 먼 길 오느라 참으로 노고가 많았습니다."

"처리할 일이 많아 늦은 것을 용서하십시오. 오는 길에 조선 수군이 전멸당했다는 소식을 들었습니다. 대체 어쩌다가……."

"면목이 없소. 허나, 경리가 이리 오셨으니 우리 수군이 없다 해도 능히 왜적을 물리칠 수 있지 않겠소?"

"그거야 우리 힘만으로는 안 되지요. 조선 조정의 적극적인 협조가 필요합니다. 우선, 제가 군무를 지휘할 경리아문經理衙門을 설치하겠습니다."

"……."

류성룡은 올 것이 왔구나 싶어 눈을 감았다가 뜨고는 부드럽게 반대의 뜻을 밝혔다.

"굳이 번거롭게 경리아문을 설치할 필요가 있습니까? 편하게 명군 지휘부에 머무시면서 우리 대신들과 상의하며 군무를 보셔도 되지 않겠습니까?"

"경리아문을 통해 조선의 국사를 농단이라도 할까 봐 걱정됩니까? 걱정 마시오. 나는 그럴 마음도 없고 그럴 힘도 없습니다. 단지 경리아문을 통해 군령을 일사분란하게 하려는 것뿐이오."

선조는 뭐든 좋았다.

"그래요, 그래요. 경리아문이든 뭐든 원하는 대로 하시오."

"강화 협상은 이제 없습니다. 제가 조선에 온 이상 왜적들이 살아 돌아가는 일은 결코 없을 것입니다!"

20.
신에게는 아직
12척의 배가 있습니다

"이놈들! 나라를 잃기라도 한 것이냐! 모두 일어서지 못할까!"

느닷없는 호통에 수군들은 소리 나는 곳을 바라보았다. 뜻밖에 그곳에 이순신이 귀신처럼 서 있었다. 믿을 수 없어 눈을 비비던 병사와 장수들은 그 귀신이 뚜벅뚜벅 자신들을 향해 걸어오자 귀신이 아니라는 것을 깨달았다. 배흥립이 벌떡 일어나 이순신에게 달려가 무릎을 꿇었다.

"장군, 어찌 이제 오십니까……."

입에서는 탄식이 나오고 눈에서는 눈물이 흘렀다. 순식간에 모여든 병사들은 한결같이 눈물을 닦아내면서 기쁜 마음을 감추지 못했다. 송희립이 분한 목소리로 띄엄띄엄 말했다.

"장군, 우리 수군이…… 궤멸당했습니다. 수군이…… 물거품 속으로 사라졌단 말입니다."

이순신은 근엄한 표정으로 송희립의 어깨를 짚었다.

"무슨 소리를 하는 것이냐! 내가 있고, 너희들이 있는데 어찌 수군이 없어졌다는 것이냐. 배는 다시 만들면 된다. 싸울 의지가 있는 한 사람이라도 살아 있다면 우리 수군은 사라진 게 아니다. 배 장군과 송 군관은 각 수영의 사정을 정리해 보고하라. 이 주부는 총통과 화약 상황을 보고하라. 그리고 부상병을 제외한 모든 군사들은 당장 훈련 준비를 하라!"

명이 떨어지자 군사들의 얼굴에 생기가 돌고 통제영은 다시 분주해지기 시작했다. 그러나 이틀이 지나지 않아 이순신을 낙담시키는 어명이 내려왔다.

"전하의 유지諭旨입니다. 수군이 와해되었으니, 남은 군사를 이끌고 육지군으로 편입하라는 명입니다."

"……"

촛불 아래에서 고민하던 이순신은 붓을 들고 서찰을 써내려갔다.

전하, 임진년부터 왜적이 감히 호남과 충청에 돌입하지 못한 것은 우리 수군이 적의 진격로를 막았기 때문입니다. 지금 신에게는 아직도 12척의 전선이 남아 있사옵니다. 사력을 다해 싸우면 어찌 적의 진격을 막지

못하겠습니까? 설령 전선의 수가 모자란다 해도 신이 아직 죽지 않았으니 왜적이 감히 모멸치는 못할 것입니다.

  부산포 왜적 진영은 잔치가 한창이었다. 임진년 이후 처음으로 수군을 패퇴시킨 것은 두고두고 자랑할 무용담이었다. 우희다수가는 호탕한 웃음을 터뜨리며 협판안치를 칭찬했다.

  "장하다, 와키자카! 참으로 장해. 너야말로 이번 전쟁의 일등공신이야."

  "아닙니다, 이 모든 게 아낌없이 지원해 주신 태합 전하 덕분입니다. 그리고 고니시 님이 미리 이순신을 제거해 주지 않았다면 그리 만만치 않았을 것입니다."

  소서행장은 승리의 공을 굳이 자신이 갖고 싶지 않아 부하 장수인 협판안치에게 돌렸다.

  "자네가 열심히 싸운 공이야! 축하하네."

  모두가 승리의 기분에 들떠 있을 때 가등청정만은 사치라고 여겼다. 한두 번의 승리가 전쟁 전체의 승리는 아니었다. 최종 목표는 임진년 때와 마찬가지로 한성 점령, 조선 왕 생포, 조선 팔도 정복이었다. 불쾌한 얼굴로 우희다수가에게 쏘아붙였다.

  "수군을 없앴다고 조선을 손아귀에 넣은 건 아니잖습니까? 이제 우리 육군이 나서서 조선 팔도를 점령할 차렙니다. 어서 출정하시지요."

우희다수가는 또 한 번 호탕한 웃음을 터뜨렸다.

"그 자세 아주 마음에 들어. 좋아! 이 여세를 몰아 바로 출정한다. 좌군의 고니시는 전라도를 공격하라. 가토는 경상도와 충청도를 공략한다!"

다음 날 아침 부산성을 출발한 왜적은 좌군, 우군으로 나누어 서쪽과 북쪽으로 진격했다. 승리를 맛보았기에 사기가 충천한 왜적들은 무인지경으로 진격해 나갔다. 그 앞에서 조선 백성들은 잔혹하게 살해되었고, 시체에서 코가 모두 사라졌다.

"한 놈도 남김없이 모조리 죽여라!"

창에 맞고 쓰러져 신음하는 백성은 남자든 여자든 어린아이든 상관없이 코를 먼저 베고는 칼로 배를 찔러 죽었다. 베어진 코는 소금과 석회가 섞인 상자에 담겨졌다. 수십 개의 상자가 채워지면 다른 마을을 향해 진격했다. 그 길을 막는 조선군도, 명군도, 의병도 없었다. 쌓여가는 코 상자에 흡족한 소서행장이 평의지에 물었다.

"남원성은 얼마나 남았나?"

"내일 아침에는 도착할 것 같습니다."

"성 안의 적은?"

"척후에 의하면 명군이 3000, 조선군이 1000, 도합 4000이 지키고 있다 합니다."

"겨우 4000? 우리가 얻을 수 있는 코가 4000개밖에 안 된다는 거잖아. 1만 명쯤 되면 좋을 텐데……. 근데, 왜 의병들이 안 나타나지? 내심 걱정했었는데 말이야. 우리가 너무 편히 온 것 같지 않나?"

"저도 그게 이상했습니다만 무슨 영문인지 모르겠습니다."

김덕령의 죽음, 곽재우의 은거는 백성들에게 의병이 부질없는 것임을 일깨워주었다. 그것은 명백한 선조의 잘못이기는 해도, 스스로가 고을을 지키지 않음으로써 죽음을 자초했으니 그것이 조선과 백성들의 운명이었다. 아무런 저항도 받지 않은 소서행장은 곤양, 노량을 통해 남원으로 진격했고, 가등청정은 거창, 황석산으로 나아갔으며, 흑전장정은 창녕에서 전주로 올라갔다. 그 길목마다 백성들이 처참하게 시체로 변한 것은 일러 말할 것이 없다. 다행인지 불행인지 도공들과 글을 아는 선비들은 왜국으로 끌려갔다. 선조는 충격적이다 못해 허탈했다.

"내 이럴 줄 알았소. 대비? 대체 무슨 대비를 했단 말이오. 임진년에도 점령당하지 않았던 전라도까지 점령당했소. 영상! 그토록 개혁을 해대고 대비를 한 결과가 이것이란 말이오?"

"……."

이덕형이 나름대로 변명했다.

"칠천량에서 패한 게 컸습니다. 그리고 남원성에서도 명군은 도망갔지만 우리 군사들은 적의 대군을 맞아 중과부적임에도 불구하고 치열하게 싸웠습니다. 또한 아직 권율이 이끄는 주력부대가 남아 있습니다. 명군과 연합해 적의 예봉을 꺾는다면 전세는 역전될 수 있습니다. 부디 성심을 굳건히 하시옵소서."

"말만 하지들 말고 성심을 굳건히 할 수 있게 해주시오. 어서 경리아문에 가서 왜적의 북진을 막을 방도를 상의하시오!"

양호는 왜적이 이리 빨리 진격할 것을 예상치 못했기에 당황하기만 했다. 또 명 장수가 도망쳤다는 보고를 받고는 심한 모멸감이 들었다.

"남원성에서 제일 먼저 도망간 자가 부총병 양원이고, 전주성에서는 유격 진우충陳愚衷이 도망쳤다고?"

"참으로 창피한 노릇입니다. 성을 지키던 조선 장수들은 모두 장렬히 싸우다 전사했다는데."

"이런 한심한 작자 같으니라고! 이래 가지고서야 우리 명군의 얼굴이 서겠어?"

그때 류성룡과 권율이 들어와 위로했다.

"너무 자책하지 마십시오. 이기고 지는 건 병가지상사입니다."

"내 절대 물러서지 말라 했는데, 절대 용서할 수 없소. 특히 남원성을 구원하지도 않고 도망친 진우충은 직접 목을 벨 것이외다!"

권율이 그 뜻을 높이 샀다.

"대인의 군율이 추상같으니 반드시 왜적을 물리치게 될 것입니다."

"당연한 것 아니오? 자, 이제 방어선을 어디에 구축하는 것이 좋겠소."

"제 생각에는 직산이 좋을 듯합니다. 이곳은 사통팔달의 요충지라 적이 필시 이곳으로 집결할 것입니다. 적의 좌우군이 모두 모인 이곳에서 적을 격퇴한다면 전세는 바뀝니다."

"괜찮은 생각이오. 적이 나뉘어 올라오는 통에 우리 병력 또한 분산시켜 막을 것이 걱정이었는데, 이곳에서 한꺼번에 물리칠 수 있다면 더할 나위 없습니다."

"우리 조선군의 주력부대를 직산으로 보내겠습니다. 주력부대는 함경도 관찰사 송언신宋言愼의 병마 1130기가 이끌 것입니다. 명군도 2000기의 기마병과 강력한 화포부대가 있으니, 포격으로 적진을 무너뜨린 후 적이 전열을 가다듬기 전에 기병으로 쳐들어가면 승산이 있습니다."

비변사에 모여 대신들이 직산전투를 논의할 때 한 사람이 성큼 들어왔다.

"매일 논의만 하면 왜적들이 물러난답니까?"

모두 그 사람을 보고 깜짝 놀랐다. 뜻밖에 이산해가 들어오고 있었다. 이산해는 임진란이 일어나자 선조를 호종하여 개성에 당도

하였으나 사헌부, 사간원으로부터 국정을 그르치고 왜적을 들어오게 하였다는 죄목으로 탄핵을 받아 파직되었었다. 백의로 평양에서 다시 탄핵을 받아 강원도에서 은거하며 지냈다. 그런 그가 3년 만인 을미년(1595)에 돈령부영사敦寧府領事로 복관되고 대제학을 맡았다. 이산해는 날카로운 눈길로 류성룡에게 짧게 인사를 건넸다.

"오랜만이오, 영상."

"그간 무탈하셨습니까?"

"나라가 이 지경인데, 무탈할 리가 있습니까."

"이곳엔 어인 일로?"

"주상께서 나라 꼴이 너무 답답하셨던지 이 사람을 다시 부르시더이다. 영상은 오래전부터 재침을 예견하고 대비를 하셨다는데, 정녕 대비를 하신 겁니까? 수군이 와해되고, 게다가 전라도까지 점령당하다니. 모든 결과에 대해서는 책임자가 있어야 하는 법! 이 사람은 영상에게 많은 기대를 걸고 초야에 물러나 있었습니다. 한데, 들려오는 풍문이 참으로 안타까운 일들뿐이었습니다. 개혁이다 뭐다 해서 반상의 반목을 가져오고, 모든 국사를 독단으로 처리한다는 원성만 가득했어요. 내 진정 영상을 믿고 떠났었거늘 정말 실망입니다."

"많은 양반과 지주들이 이 사람에게 원한을 지니고 있다는 것 압니다. 그게 제 책임이라는 것도 압니다. 하지만 이미 벌여 놓은

222

일, 물러날 때 물러나더라도 전란을 수습하고 물러나야 하지 않겠습니까."

"오만한 생각입니다. 수습할 인물이 영상 말고는 없다 생각하는 겁니까? 직산에서 왜적을 막지 못하면 어찌할 겁니까? 왜적이 코앞에 들이닥치면 대비를 못한 자신에 대해 책망하지는 않고 또다시 파천만은 안 된다고 외칠 겁니까?"

"……막아낼 것입니다."

"그래요? 알겠습니다. 내 지켜보지요."

육지에서 직산전투를 치러낼 일에 몰두할 때, 한산도에서는 이순신이 수군을 재건하느라 비지땀을 흘렸다. 총통 제작소에서 망치질을 하던 이봉수는 이순신이 들어오자 이마의 땀을 훔쳐냈다.

"총통이 모두 200문입니다. 화약은 5000근 정도 마련되었고요."

"이 짧은 시일에 벌써 그리 만들었단 말인가?"

"장군님이 오셨기에 아주 신이 나서 열심히 만들었습니다."

"고맙네, 승리의 공은 그대에게 있을 것이네. 전선은 얼마나 준비되었지?"

배홍립이 송구한 얼굴로 머리를 긁적였다.

"아직 한 척도 만들지 못했습니다. 목재를 구하기도 어려워 시일이 더 걸릴 듯합니다."

그럼에도 이순신은 조금도 근심하는 얼굴이 아니었다. 의아한 장수들이 서로만 멀뚱하게 바라볼 때 송희립이 달려왔다.

"직산에서 우리 조선군과 명군이 왜놈들을 격퇴시켰다 합니다."

"음, 큰일을 해냈군. 앞으로의 전투에서 우리가 승기를 이어나갈 수 있게 됐어."

"한데, 또 나쁜 소식이 있습니다. 부산에서 허내만許乃萬이 전통을 보내왔는데, 왜놈들이 곧 수백 척의 함대를 이끌고 남해바다를 거쳐 서해안으로 상륙할 것이라 합니다."

"전라도에서 육상군과 합류해 다시 공격하겠다는 전략이군."

"왜적들은 우리 통제영 앞을 지나가게 될 것입니다. 어찌해야 합니까? 우린 싸울 전선도 없는데……."

이순신이 정색을 하고는 송희립을 빤히 응시했다.

"무슨 소릴 하는가? 우리에겐 아직 열두 척의 배가 있네."

장수들은 움찔했다. 설마 12척으로 수백 척에 달하는 왜선과 싸우겠다는 것은 아니겠지 넘겨짚었지만 진지한 이순신의 눈동자에서 그 말이 진심임을 깨닫고는 모두 입을 굳게 다물었다. 그날 밤 이순신은 촛불 하나를 켜놓고 오래도록 생각에 잠겼다. 촛불이 타들어가면서 촛농이 탁자 위에 덩어리를 만들 때 문득 어둠 속에서 지도의 한 곳이 눈에 들어왔다. 몸을 일으켜 밖을 향해 소리쳤다.

"장수들을 모두 들라 하라!"

달이 사방을 희미하게 비추는 이슥한 밤에 장수들은 잠에서 깨 이순신의 거처로 모여들었다. 배흥립, 송희립, 이봉수, 이군관 등이 부스럭거리며 자리에 앉자 이순신은 그들을 진지하게 바라보다가 입을 열었다.

"우리가 싸울 전장터는, 울돌목이다."

모두가 흠칫했다. 어떤 장수는 혹 꿈은 아닐까 싶어 다리를 꼬집어보려 했다. 옆 사람을 멀뚱하게 응시하다가 꿈이 아님을 깨닫고는 걱정의 숨을 내쉬었다. 배흥립이 먼저 의견을 말했다.

"명량의 울돌목은 조류가 빠르고 변화가 심한 곳입니다. 게다가 암초까지 많은 곳인데 어찌……."

"그래서 울돌목을 선택한 것이네. 우리 전선들보다는 왜적의 배가 더 곤욕을 치르게 될 것이네."

"아무리 그렇다 해도, 열두 척으로 감당할 수 있겠습니까?"

"왜적은 열두 척의 배와 싸우는 게 아닐세. 우리 조선에서 가장 거센 물살과 싸우게 될 것이야."

이순신의 의지가 확고한 것을 알고는 송희립이 새로운 전술을 보탰다.

"피난민들의 배가 100여 척쯤 되는데 이들을 전선 뒤에 배치해 허장성세를 갖추는 게 어떻겠습니까?"

"좋은 생각일세. 다들 듣게. 왜적에 비해 우리의 세가 매우 열악하나 싸움은 반드시 세력으로만 하는 게 아닐세. 병법에 '반드시 죽고자 하면 살고, 살고자 하면 죽는다' 했네. 또한 한 사내가 오솔길의 길목을 지키면 천 명의 사내도 두렵게 할 수 있다 했으니, 이 모두가 바로 우릴 두고 한 말이네. 다들 알겠는가?"

날이 밝자 이순신은 12척의 배를 이끌고 진도의 울돌목으로 출정했다. 그 앞에는 130여 척의 거대한 왜선들이 늘어서 있었지만 그 누구도 겁을 먹지 않았다. 대장선 장루 위에 오른 이순신은 이윽고 명령을 내렸다.

"총 공격하라!"

깊은 밤, 정읍에 진을 친 왜적의 대장 군막에 횃불이 환하게 타올랐다. 우희다수가는 몹시 억울한 표정으로 이를 부드득 갈았다.

"직산전투에서 패하지만 않았어도 벌써 한양을 쳤을 텐데."

그러나 소서행장은 그다지 아쉽지 않았다. 바다에서 이순신을 쫓아내고 그토록 원하던 전라도 깊숙이 진격했으니 재침은 일단 성공작이라 생각했다.

"이보 전진을 위한 일보 후퇴라 생각하십시오. 우리 수군이 서해안으로 상륙한다면 병력을 합쳐 다시 밀고 올라갈 수 있습니다."

현소도 현재까지의 성과가 나쁘지 않다고 여겼다. 전라도를 차지하면 군량미를 확보할 수 있기 때문이었다.

"조명연합군도 우리의 북진을 막은 것에 만족하고 숨을 고르고 있으니 그나마 다행이지 않습니까. 또 이곳에서 군량미를 확보하기만 하면 승산이 있습니다."

"딴은 그렇지만 대체 수군은 언제 오는 것인가?"

소서행장이 대답했다.

"이미 부산포를 출발했다 하니, 내일쯤이면 당도할 것입니다."

"수군이 합류하는 대로 전열을 재정비해 총공격한다."

그때 평의지가 새파랗게 질린 얼굴로 허겁지겁 뛰어 들어왔다.

"장군님, 큰일 났습니다! 수군이 패퇴했다 합니다. 이곳으로 오지 못하고 다시 부산포로 퇴각했습니다."

그 보고가 끝나기도 전에 우희다수가와 장수들이 모두 벌떡 일어섰다.

"무슨 소리냐? 수군이 패퇴하다니."

"명량에서 이순신에게 패해 아군의 배가 30척 넘게 격침되었고, 2000여 명이 죽었다 합니다. 뱃머리를 돌려 부산으로 되돌아갔다 하는데 우리도 빨리."

화가 머리끝까지 치민 우희다수가가 탁자를 꽝, 내리쳤다. 다리 하나가 부러지면서 탁자가 옆으로 쓰러졌다.

"이런 망할!"

소서행장은 넘어진 탁자를 발로 차며 차분하게 진언했다.

"수군이 합류하지 못하면 이곳 또한 위태롭습니다. 속히 경상도로 퇴각해야 합니다."

"이순신, 이놈은 무슨 도깨비라도 된단 말인가. 어서 퇴각하라."

왜적들이 서둘러 퇴각하면서 전라도는 죽음의 손길에서 벗어났고, 남해와 서해 바다는 다시 이순신의 손으로 들어왔다. 패전 소식을 득달같이 풍신수길에게 전해졌다. 교토의 후시미伏見 성에서 풍신수길은 자신의 귀에 들려오는 소리를 믿지 못했다.

"직산전투에서 패해 더 이상 북상이 어렵고, 명량에서 이순신에게 또 패했습니다."

풍신수실은 '직산, 명량, 이순신'을 차례로 되뇌다가 흐흐 실성한 듯 웃음을 흘렸다. 보고를 하는 석전삼성은 혹 태합에게 정신이상이 오지 않았나 두려움이 들었다. 갑작스레 웃음을 멈추고는 날카롭게 물었다.

"우리 군사들이 남해안으로 퇴각했다 했느냐?"

"네, 태합 전하."

분노를 누르며 눈을 감았다가 다시 떴다.

"이순신에게 다시 바다를 빼앗겼다고?"

"송구하지만…… 그렇습니다."

"흐흐. 이순신, 그자가 분명 사람인가?"

그 질문에 석전삼성은 대답을 하지 못했다. 그 옆에 조용히 앉아 있는 전전리가도 입을 열지 못했다. 분명 사람이지만 어쩌면 사람이 아닐 수도 있을 것이었다.

"전라도, 그리고 이순신. 결국 하나도 해결하지 못했단 말인가!"

갑자기 벌떡 일어나며 소리쳤다.

"당장 내 갑옷을 준비해! 내가 조선으로 건너가겠다. 멍청한 놈들을 믿었다간 제 명에 살 수 없어. 내가 건너가 끝장을 낼 것이야."

"이리 흥분하신다고 될 일이 아닙니다. 잠시만 진정하십시오."

"진정 못해! 내가 가야 해! 조선 왕이든 이순신이든 모두 목을 베어버리겠다."

드세게 전전리가를 뿌리치다가 멈칫했다. 컥, 소리와 함께 피를 울컥 토하며 주저앉았다. 기겁한 전전리가가 재빨리 부축하며 손수건으로 입을 닦아주었다. 풍신수길은 손수건을 적시는 피를 망연히 바라보며 대수롭지 않은 듯 전전리가를 밀쳐냈다.

"괜찮아! 난 괜찮아."

21.
육지의 마지막 결전,
도산성 전투

선조는 온몸에서 힘이 솟아났다. 바다에서 두 번의 패전 끝에 직산과 명량에서 두 번의 승리를 거두었다. 원균을 기용한 것이 한때의 실책이기는 했어도 이순신을 다시 임명한 것은 결국 자신의 공적이라 여겼다. 이 기세를 몰고 가면 곧 왜적을 완전히 소탕할 수 있으리라 생각되었다. 때마침 양호가 마음에 드는 작전을 들고 나왔다.

"울산의 도산성島山城을 공격하겠습니다. 직산전투와 명량해전으로 이미 적의 전세가 꺾였습니다. 이 여세를 몰아 적의 은거지인 도산성을 함락시키면 왜적은 와해될 것입니다."

윤두수가 흡족한 미소를 지었다.

"대인의 계획대로만 된다면, 이 전쟁은 우리의 승리로 끝날 것입니다."

이덕형도 마찬가지였다.

"신도 그리 생각합니다. 적의 좌군은 이미 직산에서 패퇴해 그 세가 많이 줄었으나 가등청정이 이끄는 우군은 아직 그 군세가 살아 있습니다. 이번에 우군마저 격퇴시키면 왜적은 좌우 날개를 모두 잃는 것입니다."

선조는 한편으로는 힘이 나면서도 한편으로는 우려심이 들었다.

"만약 전 병력을 투입해 함락시키지 못하면 한성이 위험해지지 않겠소?"

"전하, 이 사람을 못 믿으십니까? 직산에서도 왜적의 좌군과 우군 모두를 격퇴시켰습니다. 한데, 겨우 우군의 선봉인 가등청정 한 놈을 쫓아내지 못한다면 어찌 얼굴을 들고 다닐 수 있겠습니까."

류성룡은 끝까지 신중론을 폈다.

"이번 전투가 전란의 종식과 직결된 중대한 전투인 만큼 왜적 또한 사력을 다해 방어할 것입니다. 신이 우려하는 것은 왜적의 거센 저항에 잠시라도 주춤하거나 물러선다면 전쟁은 오래 갈 것입니다. 해서 도산성을 공격하면 몸이 부서지는 한이 있어도 결단코 물러서서는 아니 됩니다."

자존심이 상한 양호가 눈을 부라렸다.

"이보시오! 이 양호가 왜놈들이 몸부림친다 해서 뒤로 물러날 사람으로 보이시오!"

"이 사람이 4도 체찰사로서 이번 전투에 함께 해도 되겠습니까?"

"좋습니다. 함께 가서 이 양호가 어찌 도산성을 함락시키는지 똑똑히 보시오!"

전투가 시작되기 전 양호는 항복한 왜인을 보내 도산성을 탐지했다. 명에서는 마귀가 선봉에 섰고 조선군은 권율을 필두로 좌병사 고언백高彦伯, 우병사 정기룡鄭起龍이 대군을 이끌고 성을 공격했다. 12월 23일 명군 파새擺賽는 승리를 거두고, 24일에도 조명연합군은 태화강太和江에서 적을 물리쳤다. 왜적은 도산성 안으로 쫓겨 들어가 성문을 굳게 닫고 지원군이 오기만을 기다렸다.

가등청정은 얼굴에 피가 범벅인 데도 닦아낼 염두도 없이 병사들을 둘러보았다. 죽은 병사가 1000명이 넘었고 다친 병사도 그만큼 많았다. 일그러진 얼굴로 부관에게 물었다.

"지원군은?"

"아직 소식이 없습니다."

"제기랄. 군량미는?"

"군량도 떨어졌지만, 그보다 물이 바닥난 게 더 심각합니다. 더이상 버티기가……."

"나약한 소리 집어치워! 후퇴는 없다. 모두 이곳에서 옥쇄할 각오로 싸워야 한다."

말을 향해 성큼성큼 다가가 칼을 빼들고는 단숨에 내리쳤다. 단말마의 비명소리가 성안에 울려퍼졌다. 바가지로 말의 피를 받아 벌컥벌컥 들이키고는 부관에게 건넸다. 망설이다가 부관 역시 핏물을 한참이나 마셨다.

"말을 잡아 그 피로 물을 대신하고, 병사들에게 고기를 먹여라."

양호는 숨을 골랐다. 완전한 정복은 아니지만 이만하면 대승이었다. 그럼에도 류성룡과 권율은 채근하기만 했다.

"이틀이나 쉬었으니 어서 다시 공격하시지요. 적은 지금 식량과 물까지 떨어졌습니다. 지금 몰아쳐야 합니다."

"다 잡아놓은 고기요. 그리고 열흘하고도 사흘을 싸웠소. 우리 군사들도 많이 상하고 지쳤으니 잠시만 쉽시다."

장수로서 권율은 '쉰다'는 말을 받아들일 수 없었다. 지금 공격하지 않으면 기회는 두 번 다시 오지 않을 것이 분명했다.

"서둘러야 합니다. 이러다 적의 지원군이라도 오면 싸움은 더욱 힘들어집니다."

"허허. 올 테면 오라 하시오. 한꺼번에 섬멸해 줄 테니까!"

그때 부장이 달려 들어왔다.

"양산에 적의 지원군이 모였다 합니다."

"규모는?"

"무려 7, 8만은 족히 된다 합니다."

그들이 도산성까지 오려면 적어도 하루는 필요했다. 그 하루 동안 역사가 바뀔 수 있음을 류성룡은 잘 알았다. 당장 일어나 공격하면 도산성을 수복할 수 있고 성안으로 들어가기만 하면 지원군도 물리칠 수 있었다. 조바심이 일어 양호에게 애걸하다시피 했다.

"대인, 어서 총공격을 감행하시오. 우리가 도산성을 점령해야 적의 지원군이 와도 막아낼 수 있습니다!"

"아니오. 우리가 성을 공격하는 도중에 적의 대군이 우리 뒤를 친다면, 그야말로 사면초가가 되오. 일단 경주로 물러나도록 합시다. 싸우려거든 대감과 조선군이 남아 싸우든가."

1597년 12월 23일, 조명연합군은 13일에 걸쳐 울산 도산성을 맹공격했다. 죽기 살기로 전투를 치러 일본군 1200명이 죽고, 수천 명이 부상당했으며, 조명연합군도 1000여 명의 전사자와 900백여 명의 부상자를 낳았다. 그러나 일본군의 저항 또한 필사적이었다. 거기에 지원군이 온다는 소식을 접한 양호는 호언장담했던 것과 달리 경주로 철수하고 말았다. 전쟁을 끝낼 수 있었던 기회를 놓친 것이 정유재란 최대의 실책이었다.

선조는 아쉽기는 해도 크게 서운하지는 않았다. 그럼에도 눈을 감으면 도산성이 어른거려 가슴이 울렁거렸다. 수복했더라면 이런 아쉬움은 없을 터이지만 하늘의 뜻으로 받아들여야 했다. 다행인 것은 왜적이 준동치 못한다는 점이었다. 이덕형이 달래듯 아뢰었다.

"비록 도산성을 함락하지는 못했으나 대승을 거두었으니 적은 더 이상 싸울 엄두를 내지 못할 것입니다. 투지를 잃은 적들이 조만간 본국으로 돌아갈 것이니 전하께선 심려치 마시옵소서."

익히 아는 바라 선조는 일부러 떨떠름하게 대답했다.

"글쎄, 대승이라고는 하나 아직 왜적들이 남해안에 가득한데 그냥 돌아갈 리 있겠소. 그러지 말고 왜적을 완전히 섬멸할 때까지 공격하는 게 어떻겠소."

그러나 양호는 더 이상의 희생자를 내고 싶지 않았다.

"왜적 잔당들이 그리 염려되십니까? 좋습니다. 조금 기다렸다가 그때도 철수치 않으면 한 놈도 남기지 않고 섬멸하겠습니다."

"고맙소. 대인만 믿겠소."

수복은 아니 했다 해도 승리는 확실하므로 도산성 전투에서 공을 세운 양호와 권율, 류성룡을 비롯해 여러 장수들과 대신들을 불러 작은 연회를 베풀어주었다. 기고만장한 양호가 술잔을 들고 무용담을 떠벌일 때 한 무리의 사람들이 바람처럼 몰려 들어왔다. 맨 앞에 선 화려한 옷차림의 사내가 대뜸 소리쳤다.

"당장 연회를 파하지 못하겠나!"

모두가 깜짝 놀라 동작을 멈추고는 사내를 바라보았다. 옷차림이 명나라였기에 양호가 눈을 가늘게 뜨고는 물었다.

"그대는 누군가?"

"황상의 명을 전하러 왔다. 경리 양호는 황상의 명을 받들라!"

화들짝 놀란 양호가 술잔을 내팽개치고는 사신 앞에 무릎을 꿇었다. 사신은 그런 양호를 벌레처럼 바라보고는 근엄한 목소리로 명령서를 읽어 내려갔다.

"경리 양호는 도산성 전투에서 큰 피해를 입고 물러났음에도 거짓으로 자신의 공을 조정에 고해 짐을 기만하였도다. 이에 양호를 파직시키고 책임을 물을 것이니 본국으로 돌아와 대기하라!"

류성룡은 피식, 웃었다.

"자업자득이구만……."

선조는 양호가 소환되었다는 보고를 듣고는 그 사연이 궁금했다.

"대체 어찌 된 사연이오?"

이항복이 조용히 아뢰었다.

"신이 알아본 바, 도산성 전투를 지켜본 과도관科道官 병부주사 정응태丁應泰가 황상에게 주문을 올렸다 합니다. 양호가 도산성에서 패전한 사실을 숨기고 거짓 보고를 해 황상을 기만했다고 말입니다."

"도산성 전투는 우리가 패전했다 할 수 없지 않소?"

"양호는 패전은 아니라고 하나 성을 함락하지 못했으니 승전이라 할 수도 없는 전투였습니다. 더구나 성을 방어한 왜적 입장에서는 오히려 승전이라 할 수 있으니, 이 어찌 황상을 기만한 일이 아니라 할 수 있겠습니까."

"도산성 전투가 승전이었든 패전이었든 앞으로가 문제요. 그래도 양호는 강화를 하려던 송응창이나 심유경과 달리 우리 조선 입장을 헤아리고, 왜적과 싸우기를 주저하지 않았던 인물이오. 이제 다른 경리가 와서 행여 과거처럼 강화 음모를 꾸미기라도 한다면……."

윤두수 역시 그 점이 염려되었다.

"지금 우리에겐 왜적과 타협하지 않고 싸워줄 경리가 절실히 필요합니다. 전하, 명나라에 양호의 무고를 밝히는 주청사를 보내시옵소서."

선조는 고개를 끄덕였다.

"그거 좋은 생각이오. 누가 가서 해명하면 좋겠소? 아! 전투를 전장에서 직접 본 영상이 가장 적합하겠구려. 어서 명으로 가서 양호를 구하고, 다시 조선으로 보내달라 황상께 청하시오."

류성룡은 묵묵히 앉아 있다가 뜻밖의 대답을 했다.

"신은 갈 수 없사옵니다."

모두가 깜짝 놀라 류성룡을 바라보았다. 임금의 면전에서 대놓고 '갈 수 없다'고 말하는 것은 있을 수 없는 일이었다. 유조인이 대뜸 윽박질렀다.

"그게 무슨 말이오? 갈 수 없다니? 영상께서는 왜적과 싸워줄 경리가 필요 없단 말씀이오?"

"양호와 그를 고변한 정응태의 대립은 단순한 두 사람의 대립이 아닙니다. 명나라 주전파와 반주전파의 대립입니다. 정응태 세력은 도산성 전투를 빌미로 양호 세력을 명 조정에서 제거하려 한 것인데, 우리가 이를 변호하면 정응태를 두둔하는 세력이 조선을 가만 두겠사옵니까? 전하, 어차피 양호를 구하기엔 이미 늦었습니다. 곧 새로운 경리가 올 것이니 오히려 그를 잘 다독여 왜적과 일전을 벌이게 하심이 현명한 방도입니다."

윤두수도 따지고 들었다.

"그 말대로라면 정응태 세력이 양호 세력을 내치는 것이오. 허면, 명 조정은 양호와는 정반대 성향의 인물을 경리로 보낼 것이 뻔한데, 이는 필시 강화를 하려는 자가 아니겠소?"

"황상이 이미 석성과 송응창에게 죄를 물었는데, 어찌 다시 강화를 하려는 자가 올 수 있겠습니까. 결코 그런 일은 없을 것이니 이번 일은 나서지 마시옵소서."

선조는 화가 치밀었다. 전장에 나가 싸우라는 것도 아니고, 왜적과 협상을 하라는 것도 아니고 명나라에 가서 조선의 실정을 있는 그대로 고하라는 것인데, 이해할 수 없는 이유를 들어 거절하는 것은 엄연한 항명이었다.

"이보시오! 류 대감, 황상은 국사를 돌보지 않은 지가 이미 오래요. 정응태 세력이 강화를 위한 경리를 보내지 않는다는 보장이 없단 말이오. 이건 내 명이오! 어서 사신단을 꾸리시오."

그럼에도 류성룡은 물러서지 않았다.

"정히 주청사를 보내시려거든 다른 사람을 보내시옵소서. 신은 감당할 수 없습니다."

급기야 선조는 용포를 쥐고 부르르 떨었다. 이글거리는 눈으로 죽일 듯이 쏘아보았으나 류성룡은 꿈쩍도 하지 않았다. 어전회의에서 물러나온 대신들은 일제히 류성룡을 성토했다.

"이건 항명입니다. 이는 이순신과 똑같은 죄로 다스려야 마땅합니다."

"아무리 자신의 생각이 옳다 해도 이건 아닙니다. 주상 전하를 능멸하는 일이지 않습니까! 영상의 오만과 독선이 너무 지나칩니다."

항명은 일파만파로 번져나갔다. 행궁 앞에 유조인과 이이첨을 필두로 북인 선비들이 엎드려 상소를 올렸다.

"류성룡을 파직하시옵소서."

이이첨은 목에서 피가 나올 듯 거세게 소리쳤다.

"류성룡이 전하의 어명을 받지 않고, 주청사로 가지 않은 것은 왜국과 화의를 생각하고 있기 때문입니다. 과거에도 심유경과 뜻을 같이 했다는 소문도 돌고 있으니 주화오국主和誤國의 죄가 어찌 역모보다 가볍다 할 수 있겠습니까. 류성룡을 파직하시고 죄를 물으시옵소서."

유조인도 뒤지지 않았다. 지금 류성룡을 조정에서 몰아내지 않으면 그 독단이 나라를 더욱 어지럽힐 것이라 생각했다.

"류성룡은 국정을 맡은 지난 6~7년 동안 고집스럽고 강퍅하여 자기 마음대로 일을 처리해 정사를 해롭게 하였습니다. 속오군과 작미법을 만들어 백성을 혼란과 도탄에 빠지게 하고 또한 그 원망을 임금께 돌리고, 자신의 이익만을 취했으니 어찌 신하된 자의 소행이라 할 수 있겠습니까. 류성룡을 파직하시옵소서."

22.
풍신수길의 죽음과
막바지로 치닫는 전란

저 멀리에서 소쩍, 소쩍, 소쩍새 우는 소리가 끊어질 듯하다가 이어졌다. 후시미 성의 조용한 침소에서 풍신수길은 눈을 감은 채 소쩍새 울음소리를 들었다. 내일 아침이면 새소리는 들리지 않을 것이고 그때 자신의 숨소리도 멈추지 않을까 예견했다. 가만히 눈을 뜨자 머리맡을 지키고 있는 전전리가와 석전삼성, 영녕과 정전의 얼굴이 희미하게 보였다. 마지막 힘을 다해 풍신수길은 충신의 이름을 불렀다.

"마, 에, 다."

"네, 태합 전하."

"병사들을 모두 집으로 돌려보내야겠지? 내가 욕심이 너무 과했던 건가?"

"아닙니다. 태합 전하는 웅대한 꿈을 실현하려 했던 영웅이십니다."

"내 인생 그렇게 나쁘지 않았군. 히로이마루를 부탁하네. 조선 땅…… 꼭 밟아보고 싶었는데. 아쉽구나. 허나, 다시 태어나면 반드시 조선 땅을 밟을 거야."

"꼭 그리하십시오."

"이제 어머니와 쓰루마츠를 데리고 벚꽃놀이 가야지. 흐흐."

풍신수길은 허망한 듯 실실 웃음을 지었다. 그리고 한순간 거센 숨을 내쉬다가 웃음을 그쳤다. 그리고 숨도 멈추었다. 부릅뜬 눈에 62년 동안 겪어온 삶과 세상의 모든 풍파가 고스란히 담겨 있었다. 전전리가는 떨리는 손을 들어 그 눈을 부드럽게 감겨주었다. 1598년 8월 18일이었다.

선조는 하늘을 올려다보았다. 풍신수길의 죽음은 "꽃 잔치를 베풀다가 돌에 걸려 넘어졌는데 그 뒤로 일어나지 못하고 죽었다"는 보고가 있는가 하면, "병에 걸려 죽었다"는 보고가 올라왔고, '이슬로 떨어져 이슬로 사라지는 내 신세인가?'라는 시를 마지막으로 남겼다는 보고도 올라왔다. 그 무엇이든 살면서 평화롭지 못했을 것이고, 죽어서도 그 이름이 아름답지 못할 것임은 분명했다. 그렇게 허망하게 저세상으로 갈 것이라면 피비린내 나는 전쟁을 왜 일으켰는지 이해할 수도 없었고, 설령 이해한다 해도 공감할 수 없었다. 감회에 젖다가 선조는 뒤를 돌아보았다. 류성룡, 윤두수, 이산해, 이덕형, 이항복, 이원익, 김응남, 유조인이 나란히 서 있있다.

"드디어 전쟁이 끝난단 말인가. 그 길고 참혹한 전쟁이 정녕 끝난단 말인가."

오랜만에 조정으로 돌아온 이산해가 첫 인사를 했다.

"이 모두가 전하의 홍복이옵니다."

윤두수도 머리를 조아렸다.

"이토록 참담한 국난을 극복하셨으니 이제는 태평성대를 이루실 것이옵니다. 경하드리옵니다."

"아직 할 일이 남아 있소. 이 땅을 유린한 왜적들을 이대로 보낼 수는 없소."

"지당한 말씀이옵니다. 전군에 명을 내리시어 물러가는 왜적을 한 놈도 남김없이 섬멸하라 하시옵소서."

"그래야지요. 당연히 그래야지요. 그리고 무엇보다 전란으로 피폐해진 이 나라를 다시 일으켜 세우는 게 가장 급선무요. 내가 할 일이 아주 많습니다. 어쩌면 전란 때보다 더 많은 일들을 해야 할 겁니다."

말을 마치고는 갑자기 류성룡을 향해 물었다.

"그렇지 않소, 영상?"

그 질문의 의미와 눈빛이 예사롭지 않다는 것은 당사자인 류성룡은 물론 모든 대신이 간파했다. 이제 선조의 화살은 왜적이 아니라 조정 대신들, 특히 몇몇 독단적인 대신들에게 향할 것임은 분명했다.

조선의 모든 백성들과 군관, 병사들이 전쟁의 끝을 기뻐하고 안도의 숨을 내쉬며 평화로운 새 삶을 꿈꿀 때 한 남자만은 칼을 놓지 못하고 깊은 고민에 잠겨 있었다. 문 두드리는 소리가 그 고민을 깼다. 송희립이 들어와 벙싯, 웃으며 말했다.

"피난민들이 음식을 싸들고 모두 모였습니다. 대감과 잔치를 벌이겠다고요."

이순신은 미소조차 짓지 않았다.

"모두 돌려보내게. 이 전쟁은 아직 끝나지 않았네. 내가 끝내야 끝나는 것일세. 7년 동안 이 나라를 참혹하게 유린한 왜적들을 어찌 편히 돌아가게 할 수 있단 말인가! 갑옷을 벗지 말고 모두 대기하라 하게."

이순신이 복수의 칼을 갈고 있을 때 또 다른 한 남자는 너무 허망해서 가슴이 미어질 지경이었다. 7년 전, 세상을 다 갖겠다는 야망을 안고 칼을 들었지만 손에 쥔 것은 아무것도 없었다. 가등청정은 군영 마당에 힘없이 앉아 병사들이 짐을 싸는 모습을 멍하니 지켜보았다. 내색은 하지 않아도 병사들 모두 마음속으로는 행복한 웃음을 짓고 있을 것이었다. 그런 가등청정의 마음은 아는지 모르는지 부관이 재촉했다.

"이제 돌아갈 준비가 되었습니다."

가등청정은 한숨이 절로 나왔다.

"참으로 허망하구나. 이 전쟁도, 태합 전하도, 그리고 나도……. 결국은 손에 쥔 건 아무것도 없지 않느냐."

그 넋두리가 끝나자 부관이 희미하게 미소를 지었다.

"한 말씀 드려도 되겠습니까? 전, 제 목숨을 가지고 돌아가 가족을 다시 볼 수 있게 된 것만으로도 큰 행운이라 생각합니다."

"……그런가. 그래, 그럴지도 모르지."

가등청정이 말에 올라 미운 정 고운 정이 다 든 조선 땅을 아쉬운 눈으로 바라보며 발걸음을 재촉할 때, 조선의 다른 한 남자는 눈을 빛내며 앞날을 구상했다.

"전란이 끝났습니다. 나라를 복구하고 새 시대를 이끌어갈 조정이 필요합니다."

이산해의 굳건한 말에 윤두수는 마시려던 찻잔을 내려놓았다.

"류성룡이 이끄는 지금의 조정을 바꾸자는 말씀인가요?"

"그렇습니다."

"당색이 다르다고는 하나 전란을 극복하는데 있어 류성룡 대감과 남인들의 공이 적지 않았습니다."

"그 공을 인정합니다. 허나, 태조대왕의 역할이 건국이었고, 나라를 융성하게 만든 것이 세종대왕의 역할이었듯이 서애와 남인의 역할은 이제 끝났습니다. 서애는 지금 모든 양반 지주들의 공적이 되어 있습니다. 게다가 대간들도 나설 테고……. 무엇보다, 주상께서 이미 마음을 정하셨습니다. 우리는 당연히 전하를 도와 이 나라를 다시 세워야지요. 또한 이는 세자의 뜻이기도 합니다."

윤두수는 그 말에 마음이 흔들리기 시작했다. 전쟁이 끝났음에도 전쟁 시대의 인물들이 계속 조정을 좌지우지하는 것은 이치에 맞지 않았다.

"이 사람 또한 나라를 망친 책임에서 자유롭지 못하나, 남인들의 독단에만 나라의 재건을 맡길 수는 없습니다. 힘을 보태도록 하지요."

며칠 후 행궁 앞에 양반들과 지주들이 모여 수십 장의 상소를 올렸다. 그 앞에 유조인과 이이첨이 버티고 있는 것은 두말할 나위가 없었다.

"왜적과 화의를 주장했던 류성룡을 파직하시옵소서! 류성룡을 파직하지 않으면 이 나라는 오랑캐의 나라와 다를 것이 없어집니다. 류성룡을 파직하시옵소서."

선조는 그 말을 들으며 나직이 중얼거렸다.

"내가 버리는 것이 아니다. 류성룡은 적을 너무 많이 만들었다. 전란 중이었으니 개혁이 필요했으나 이제 전쟁은 끝났다."

23.
나의 죽음을
알리지 마라

그러나 한 남자에게는 아직 전쟁이 끝나지 않았다. 이순신은 장수들의 얼굴을 하나하나 새기듯 보았다. 배흥립, 송희립, 이봉수, 이군관은 한결같이 굳은 각오와 충정, 복수심이 가득했다. 그것을 어떻게 하나로 합쳐 왜적에게 철저한 응징을 할 것인지는 오로지 자신의 몫이었다.

"왜적들이 이 땅을 떠나려 하고 있다. 허락 없이 마음대로 이 땅에 들어와 우리의 고향을 유린하고, 부모와 형제, 자식을 학살한 저 왜적들을 그대로 보내주어서는 안 된다. 이 땅을 짓밟은 대가가 얼마나 혹독한 것인지를 똑똑히 보여주어야 한다!"

배흥립이 결사항전의 의지로 대답했다.

"명령만 내려주시면 즉시 왜적들을 죽음으로 몰아넣겠습니다."

"그 죽음이 우리에게도 찾아올 수 있다."

"그만한 각오는 되어 있습니다."

이순신은 다시 한 번 장수들의 천천히 훑어본 후 이윽고 명을 내렸다.

"전군, 노량해협으로 출정하라!"

협판안치는 휘영청 밝은 달을 보며 누군가에게는 마지막 달이 될 것이라 생각했다. 그것은 자신 아니면 이순신이 될 것이었다. 500척의 배를 이끌고 노량해협으로 들어서자 저 멀리 횡대로 늘어선 조선 전함들이 모습을 드러냈다. 그 뒤로 진린陳璘이 이끄는 명나라 배들이 마치 남의 집에 구경 온 것처럼 멀찌감치 늘어서 있었다. 그 배들은 이번 전투에서 아무런 위협이 되지 못할 것이었다. 부장이 급하게 다가와 보고했다.

"조명연합선이 200여 척은 될 듯합니다."

굳이 일러주지 않아도 잘 알기에 협판안치는 비장한 웃음을 지었다.

"이순신, 네가 나오지 않았다면 이 와키자카 참으로 섭섭했을 것이다. 전속력으로 공격하라!"

진린은 어마어마한 왜선들을 보고 겁에 질렸다.

"장군, 왜적들이 모든 배를 동원한 것 같습니다. 500백 척은 족히 넘어 보입니다."

"우린 후방에서 대기한다. 싸울지 말지는 전투의 추이를 보고 결정한다."

이순신은 돌격해오는 적선을 담담하게 바라보다가 무겁게 입을 열었다.

"전 함선 돌격하라. 적선이 해협을 빠져나오기 전에 공격해야 한다."

드디어 둥둥, 북이 울리고 '내가 죽거나, 네가 죽어야 하는' 전투가 시작되었다. 마지막 전투가 될 것임은 피차 잘 알고 있었다. 북소리에 맞춰 격군들이 힘껏 노를 젓자 조선 전선들이 왜선을 향해 돌격했다. 협판안치는 조선 전함들이 오기를 기다리지 않았다.

"전속력으로 노를 저어라. 모두 파괴하라."

마주 선 배들에서 조총과 불화살, 비격진천뢰가 하늘을 덮듯이 쏟아졌다. 달빛 아래에서 수백 개의 포탄이 왜선을 향해 날아가고 곧바로 조총이 불을 뿜었다. 비명과 함성이 바다에 울려퍼지고 벌써 피로 물들기 시작했다. 누군가 거세게 소리쳤다.

"물러서지 말고 계속 쏘아라! 모두 궤멸시켜야 한다."

그 외침이 누구의 입에서 나왔든 모두에게 똑같은 명령이었다.

그 시각 선조는 류성룡과 술상을 두고 마주 앉았다.

"한잔 드시오."

류성룡은 공손히 잔을 받았다. 그런 그를 물끄러미 보며 선조는 임금으로서 말했다.

"사직 상소는 보았소. 허나, 윤허치 않을 것이오."

"전하를 뵙는 마지막 밤이 될 듯합니다."

선조는 피식 웃었다.

"거자필반去者必返이라 하지 않았소. 정철도, 윤두수도, 이산해도 다 한 번씩은 다녀왔어요. 너무 상심하지 말아요."

"다시 부르셔도 돌아오지 않을 것입니다."

"과인이 그리도 마음에 들지 않소?"

"전하는 영민하시고 선하신 분입니다. 신이 어찌 싫어하겠습니까? 허나, 군주로서의 전하는 마음에 차지 않습니다."

"왜요? 내가 백성을 버리고 도망 다니기에 바빴던 군주라서요? 내 누누이 말했지만, 그때 도성이 점령당하고 과인이 왜적들에게 잡혔다면 오늘날 이 나라는 왜적들의 땅이 되었을 것이오."

"결과적으로야 옳은 말씀입니다만, 신은 군주로서의 자세를 비판하는 것입니다. 전하는 싸우려는 의지조차 보이지 않으셨고, 백성들을 버리셨습니다. 최선을 다하다가 물러났다면 백성들이 어찌 궁을 태웠겠습니까? 결국 전하는 전하의 안위만 생각하셨던 겁니다."

"나는 한 개인이기 전에 이 나라의 왕이오. 내가 필부였다면 백 번이라도 왜적과 싸우다 죽었을 것이오. 허나, 나라의 운명이 왕에게 달려 있는데, 명분 때문에 위험을 무릅쓴다는 것은 이 나라를 위험에 처하게 하는 것이오. 과인은 항상 나라의 안위를 먼저 염려했던 것이오."

"죄 없는 의병장을 죽인 것도 나라를 지키기 위함이셨습니까? 나라의 안위를 위협하기는커녕, 오히려 나라를 지킨 자들을 전하가 죽인 겁니다. 그 때문에 왜적이 재침했을 때, 그 많던 의병장들이 은거한 채 나서지 않았던 것입니다."

"난세에 영웅들이 많이 나온다 했지요. 의병장들 또한 난세가 낳은 영웅들이오. 그리고 영웅들은 세력이 생기면 엉뚱한 생각을 하기 마련이오. 곽재우 같은 이는 경상 감사의 상투 위에서 놀았소. 아무리 왜적과 싸워 공을 세운들, 나라의 질서를 어지럽히면 이는 곧 반역인 것이오. 김덕령도 어명을 무시하고 독단적으로 반란군을 놓아주었소. 이 모든 것이 관과 나라의 질서를 무시한 게 아니면 무엇이겠소."

"전하께서는 반성하고 책임질 일이 없다 여기십니까? 무릇 나라든 개인이든 사태가 잘못되고, 위태로움에 처한다면 인과를 따져보고, 잘못된 것을 찾아 고쳐야 하는 법인데, 전하께서는 상황과 남의 탓만을 하시고 스스로에게선 잘못을 찾지 않으시고 책임지지 않으려 하시니, 이 어찌 옳은 군주의 자세라 할 수 있겠사옵니까?"

"반성과 책임이라? 말 한번 잘했소. 이번 전란의 책임은 애초에 왜적의 동정을 제대로 고하지 못한 그대와 그대를 따르던 동인들에게 있었소. 만일, 통신사로 다녀온 후, 보고만 제대로 되고, 그대가 비호하지 않았다면 전쟁은 막을 수 있었을 것이오!"

"물론 신들의 잘못이옵니다. 허나, 군주가 신하를 발탁하고 믿는다는 것은, 신하의 공과 과를, 군주가 함께 한다는 것을 의미하옵니다. 해서 훌륭한 목민관牧民官을 만난 백성들은 군주를 칭송하고, 탐관오리를 만난 백성들은 군주를 원망하는 법입니다. 그래서 신하에게 내리는 상은 군주 스스로에게 내리는 상이고, 신하에게 내리는 벌은 군주 스스로에게 내리는 벌인 것이옵니다."

"틀린 말은 아니지만, 신하의 잘못을 모두 군주가 책임져야 한다면 어느 군주가 그 자리를 지킬 수 있겠소."

"그렇기에 군주의 자리는 영광의 자리가 아니라 힘겹고 고통스러운 자리이며, 책임지는 자리인 것입니다. 전하께옵선 그 고통과 책임을 피하려고만 하셨을 뿐입니다."

"충분히 고통스러웠고, 책임 또한 지려 했소. 그러기에 수많은 사대부와 지주들의 반대에도 불구하고 피폐해진 백성들의 삶을 위해 그대의 개혁안을 받아들인 것이오. 책임지려 하지 않았다면 힘 없는 백성들보다는 힘 있는 양반 지주들과 편히 지냈을 것이오."

"전하께서 그 어느 것도 인정치 않으시니, 신이 더 말해 무엇 하겠습니까. 단지, 간곡한 청 하나만 드리고자 합니다."

류성룡은 자리에서 일어나 큰절을 올렸다. 그것이 마지막 인사라는 것은 류성룡이나 선조나 잘 알고 있었다.

"전하, 시산혈해로 물든 이 땅을 백성들이 다시 살 수 있는 곳으로 만드셔야 하옵니다. 정녕 그 일만 이루신다면 전하께오선 이 나라를 다시 일으켜 세운 성군으로 백성들에게 대대손손 추앙받으실 것입니다. 부디 성업을 이루시옵소서."

아침 해는 노량 바다 위에도 어김없이 떠올랐다. 찬란한 햇살을 받으며 협판안치는 분통을 터트렸다. 바다 위는 불타는 배들과 도망치는 전선들로 아수라장이었다. 온몸에 불이 붙은 채 바다로 뛰어드는 병사들의 비명이 끊이지 않았다. 더 이상 이 바다 위에 있는 것은 스스로 죽음을 재촉하는 것이었다. 협판안치는 드세게 소리쳤다.

"퇴각하라. 관음포로 후퇴하라."

망가지고 부서진 관선들이 가까스로 방향을 돌렸으나 조선 수군의 추적을 피할 수는 없었다. 장루 위에 오른 이순신은 적선의 뱃머리가 향하는 곳을 보는 순간 명을 내렸다.

"관음포로 향하라. 스스로 죽을 곳을 찾아가는구나. 한 놈도 살려 보내선 안 된다. 전군 전속력으로 추격하라!"

죽기 살기로 도망치는 왜선들과 그 뒤를 죽기 살기로 추격하는 무시무시한 조선 전선들을 보며 저 멀리에서 진린은 전율에 떨었다.

"과연 이순신이다. 하늘이 내린 사람이로다. 이순신이 없었다면 조선도 없었을 것이다."

옆에 선 부장이 안절부절못하며 물었다.

"왜적이 관음포로 도망치고 있습니다. 어찌할까요?"

"어찌긴! 이제 우리도 공을 세워야 할 것 아니냐. 맹추격하라!"

여태 불구경만 하던 명나라 전선에서 둥둥, 북소리가 울렸다. 팔목이 근질거리던 격군들이 힘껏 노를 젓기 시작하자 왜선들은 더욱 혼비백산에 빠졌다. 그 위로 태양보다 더 뜨거운 불화살이 비처럼 쏟아졌다. 남은 전선들을 이끌고 가까스로 죽음의 바다를 빠져나온 소서행장은 지옥에서 빠져 나온 듯싶었고, 꿈을 꾼 것도 같았다. 그러나 눈앞의 참혹함은 현실이었다. 불타오르며 노량의 바닷속으로 침몰하는 관선들을 보는 그의 입에서 절로 한탄이 나왔다.

"결국 이렇게 끝나는 것인가. 조선, 그리고 이순신……. 정말 두 번 다시 생각하기 싫구나."

그 한탄 위로 갈매기 한 마리가 끼루룩 거리며 날아갔다. 그 새의 자유로움이 한없이 부러웠다. 그리고 한 사람이 떠올랐다.

"태합 전하, 보고 계십니까. 결국 이리 허망하고 참담하게 끝났습니다."

하지만 이순신은 끈질겼다. 그에게 전쟁은 아직 끝나지 않았다.

"전멸시켜라! 다시는 우리의 바다를 넘보지 못하도록. 공격하라!"

그 명령에 맞춰 왜선들이 이곳저곳에서 박살났다. 북을 두드리던 병사가 왜군의 총탄을 맞고 쓰러지자 이순신은 장루에서 훌쩍 뛰어내려 직접 북채를 쥐고 북을 두들겼다. 도망치는 적의 총탄이 날아오지만 아랑곳하지 않았다. 협판안치는 넋이 빠져 바다를 바라보았다. 실룩거리는 입 사이로 자신도 모르게 헛웃음이 새어나왔다.

"흐흐흐흐. 이게 지금 꿈이 아니란 말이지. 흐흐흐. 모두 퇴각하라."

퇴각의 북소리가 길게 두 번, 짧게 한 번 울리자 이미 도망치고 있던 왜선들은 죽기 살기로 노량 바다를 빠져나가기 시작했다. 불타오르는 소리, 파도를 가르는 소리, 격렬한 비명, 화살 날아가는 소리에 섞여 문득 이순신의 귀에 임금의 말이 들려왔다.

넌 다시는 살아서 과인을 보아서는 안 될 것이다. 왜적과 싸우다 죽어야 할 것이다. 오직 과인을 위해 말이다.

이순신은 이제 그때가 왔음을 깨달았다. 침착하게 갑옷을 벗어 갑판 위에 단정하게 놓은 뒤 칼을 집어 들었다.

"단 한 놈도 살려 보내지 마라! 쏴라!"

그 명령은 왜적에게 저승사자의 외침과 같았다. '나는 이제 고향으로 돌아가고 싶어.' 무사 귀향을 간절히 소망하는 왜병 하나가 조용히 조총을 들어 이순신을 겨냥했다. 소망이 이루어지기를 빌며 피가 묻은 손가락으로 방아쇠를 당겼다.

쾅.

순간 이순신은 가슴이 저려왔다. 창이나 화살이 아님에도 그 저림은 온몸을 고통스럽게 만들었다. 오른쪽으로 서서히 기울어질 때 누군가 그 몸을 부축했다.

"장군!"

붉은 피가 융복을 적시며 흘러내렸다. 송희립이 이순신을 부축하자 이봉수, 언복이 달려왔다. 이순신은 가슴을 부여안으며 꺼져가는 목소리로 물었다.

"어찌 되고 있나……?"

"왜적은 궤멸 직전입니다. 대승입니다."

"방심하지 말고…… 끝까지…….."

컥, 소리와 함께 입에서 피가 솟구쳤다. 그 피에도 아랑곳하지 않고 설핏 미소를 지었다가 온힘을 다해 비장하게 마지막 명령을 내렸다.

"계속 싸워라……. 나의 죽음을 알리지 마라."

그 위대하고 평화로운 얼굴 위로 한 줄기 햇살이 찬란하게 내려 비쳤다.

24.
이 길이 어찌
오늘만의 길일까마는

아무것도 없는 작은 방에 류성룡은 단정하게 앉아 눈을 감았다. 왜적의 외침도, 백성들의 절규도, 허공을 가르며 날아가는 화살 소리도, 말 달리는 소리도, 선조의 다급한 어명도, 대신들의 논란도, 조총의 화약 터지는 소리도 들리지 않았다. 바람 한 줄기가 나뭇잎에 스치는 소리만 들릴 뿐이었다. 문득 발자국 소리가 들리자 눈을 떴다.

"파직하라는 명이 떨어졌느냐?"

이천리가 한참이나 망설이다 억울한 목소리로 대답했다.

"……네."

"이순신에게서는 소식이 없느냐?"

"아직 없습니다."

"……이제 떠나자꾸나. 마음 편히 내 친구 이순신을 만나러 가야겠다."

홀가분한 마음으로 대문 앞에 나서자 이덕형과 이항복이 배웅 나와 있었다. 류성룡은 담담하게 말했다.

"이 사람들, 할 일이 많은데 어찌 왔는가."

이덕형은 눈물이 솟아오르지만 애써 웃음을 지었다.

"대감이 원망스러워 온 것입니다. 뒷일을 모두 저희에게 미뤄두고 가시면 어쩝니까?"

이항복의 눈에는 벌써 이슬이 맺혔다. 류성룡은 짐짓 미소를 지으며 두 사람의 손을 잡았다.

"국난은 언제고 다시 올 수 있네. 이 나라 이 백성들이 두 번 다시 그런 참혹한 일을 겪지 않게 해야 할 것이네."

그 말을 마지막으로 류성룡은 돌아섰다. 조정 대신으로서 이제 자신이 할 일은 더 이상 없었다. 문득 고개를 돌리자 저만치 아름드리 버드나무 아래에 이산해와 윤두수가 서 있었다. 그들을 향해 고마움과 당부의 뜻이 담긴 미소를 보냈다. 그 마음을 충분히 안다는 듯 두 사람은 정중히 허리를 굽혔다. 어쩌면 두 번 다시 만날 수 없을 것이련만 아쉬움이나 미련은 없었다. 골목을 빠져나가는 류성룡의 발걸음 소리가 선조의 귀에 들렸던 것일까? 용상에 앉아 망연히 앞만 응시하고 있을 때 이봉정이 조용히 아뢰었다.

"류성룡이 떠났습니다. 너무 상심치 마십시오. 어차피 언젠가는 정리했어야 할 일이옵니다."

선조는 자조적인 웃음을 희미하게 짓고는 나직이 중얼거렸다.

"넌 모를 것이다. 내가 류성룡을 버린 것이 아니라 류성룡이 나를 버린 것이다."

휘어진 소나무 옆으로 잔잔한 은빛 물결이 흐른다. 말끔한 도포를 입고 갓을 쓴 한 늙은이가 야트막한 바위에 걸터앉아 흐르는 강물을 물끄러미 바라본다. 바위 벼랑 위에서 나뭇잎 하나가 떨어져 강물에 작은 파문을 일으키고는 물결을 따라 아래로 떠내려간다. 투박한 바위들은 1년 전만 해도 그저 바위에 불과했으나 이제 능허대凌虛臺, 보허대步虛臺라는 이름을 얻었다. 모두 그 늙은이가 지어 붙인 이름들이다.

푸른 강물을 바라보던 늙은이는 해가 기울자 천천히 몸을 일으켜 조촐한 거처인 옥연정사玉淵精舍로 돌아온다. 사위가 칠흑 같은 어둠에 잠겨 있는데 사랑채에만 낮은 불빛이 새어나온다. 촛농이 흘러내리는 작은 방에 단정하게 앉아 붓을 쥐어든다. 일렁이는 촛불을 아랑곳하지 않고 천천히 글을 써내려 간다. 서탁과 방바닥 여기저기에 글자가 빼곡히 들어찬 누런 종이들이 어지러이 놓여 있다. 손수건으로 입을 막으며 연신 받은기침을 해댄다. 병색이 깊은 것을 어떻게 감출 수 있으랴. 깊은 호흡을 한 뒤 붓에 힘을 주어 한 자 한 자 써내려간다.

쓰기를 모두 마치자 늙은이는 《시경詩經》을 펼친다.

予其懲 而毖後患여기징 이비후환
내가 그 일을 겪은지라 뒤에 올 환란을 삼가노라.

懲징을 취하고 毖비를 취하고 마지막에 錄록을 적는다. 그렇게 제목이 완성되자 책을 덮는다. 비록 늙은이의 책이지만 훗날 백성들에게 조그마한 가르침이라도 된다면 소임을 다했다고 스스로를 위로한다. 죽음의 길에 이르러 류성룡은 자신의 유일한 친구였던 이순신에게 마지막 인사를 건넸다.

여해汝諧, 참 멀고도 험한 길이었네. 우리 백성들, 그 불어터진 발로 피흘리며 겨우 살아서 여기까지 왔네 그려. 이제는 후학들이 그 상처 난 발을 닦아주고 감싸주어야 할 텐데, 또다시 언제 그런 일이 있었냐는 듯 자신의 길만 보고 갈까 봐 걱정일세. 지금 걷고 있는 이 길이 어찌 오늘만의 길이겠는가. 내일의 백성들이 걸어가야 할 길이기도 한데……. 가다 보면 거친 산길도, 깊은 물길도 마주쳐야 할 텐데……. 오늘의 길 위에서 겪은

일들을 잊진 않을까 걱정일세. 여해, 먼 훗날, 우리의 백성들이 우리가 고단하게 걸었던 이 길을 걷게 되면 과연 무슨 생각을 할까, 무슨 생각을 하며 걸을까……

류성룡의 나이 66세였다.

KKI 신서 6170

징비록 ₃

1판 1쇄 인쇄 2015년 8월 26일
1판 1쇄 발행 2015년 9월 1일

극본 정형수·정지연 **소설** 김호경
펴낸이 김영곤 **펴낸곳** (주)북이십일 21세기북스
책임편집 문준식
미디어믹스팀 장선영 김성현
디자인 김현주 박선향
문학영업마케팅팀장 신우섭
문학영업마케팅팀 권장규 김한성 최소라

출판등록 2000년 5월 6일 제10-1965호
주소 (10881) 경기도 파주시 회동길 201(문발동)
대표전화 031-955-2100 **팩스** 031-955-2151 **이메일** book21@book21.co.kr
홈페이지 www.book21.com **블로그** b.book21.com
트위터 @21cbook **페이스북** facebook.com/21cbook

ⓒ KBS, 정형수 정지연
본 책자의 출판권은 KBS미디어(주)를 통해 KBS 및 정형수, 정지연과 저작권 계약을 맺은 (주)북이십일에 있습니다.

ISBN 978-89-509-6117-6 03810

책값은 뒤표지에 있습니다.

이 책 내용의 일부 또는 전부를 재사용하려면 반드시 (주)북이십일의 동의를 얻어야 합니다.
잘못 만들어진 책은 구입하신 서점에서 교환해 드립니다.